Os livros-jogos da série Fighting Fantasy:

1. O Feiticeiro da Montanha de Fogo
2. A Cidadela do Caos
3. A Masmorra da Morte
4. Criatura Selvagem
5. A Cidade dos Ladrões
6. A Cripta do Feiticeiro
7. A Mansão do Inferno
8. A Floresta da Destruição
9. As Cavernas da Bruxa da Neve
10. Desafio dos Campeões
11. Exércitos da Morte
12. Retorno à Montanha de Fogo
13. A Ilha do Rei Lagarto
14. Encontro Marcado com o M.E.D.O.
15. Nave Espacial *Traveller*
16. A Espada do Samurai
17. Guerreiro das Estradas
18. O Templo do Terror
19. Sangue de Zumbis
20. Ossos Sangrentos
21. Uivo do Lobisomem
22. O Porto do Perigo
23. O Talismã da Morte
24. A Lenda de Zagor
25. A Cripta do Vampiro
26. Algoz das Tempestades
27. Noite do Necromante
28. Assassinos de Allansia

Próximo lançamento:
29. Segredos de Salamonis

Visite www.jamboeditora.com.br para saber
mais sobre nossos títulos e acessar conteúdo extra.

IAN LIVINGSTONE

SANGUE DE ZUMBIS

Ilustrado por KEVIN CROSSLEY

Traduzido por GUSTAVO BRAUNER

Copyright © 2012 por Ian Livingstone
Copyright das ilustrações © 2012 por Kevin Crossley

Fighting Fantasy é uma marca comercial de Steve Jackson e Ian Livingstone. Todos os direitos reservados.

Site oficial da série Fighting Fantasy: www.fightingfantasy.com

CRÉDITOS DA EDIÇÃO BRASILEIRA

Título Original: Blood of Zombies

Tradução: Gustavo Brauner

Revisão: Leonel Caldela e Camila Villalba

Diagramação: Gustavo Brauner e Tiago H. Ribeiro

Design da Capa: Samir Machado de Machado

Arte da Capa: Daniel HDR e Alzir Alves

Produção Editorial: Victória Cernicchiaro

Editora-Chefe: Karen Soarele

Diretor-Geral: Guilherme Dei Svaldi

Rua Coronel Genuíno, 209 • Porto Alegre, RS
CEP 90010-350 • contato@jamboeditora.com.br
www.jamboeditora.com

Todos os direitos desta edição reservados à Jambô Editora. É proibida a reprodução total ou parcial, por quaisquer meios existentes ou que venham a ser criados, sem autorização prévia, por escrito, da editora.

2ª edição: junho de 2024 | ISBN: 978858365068-3

Dados Internacionais de Catalogação na Publicação
Bibliotecária Responsável: Denise Selbach Machado CRB-10/720

L778s	Livingstone, Ian
	Sangue de Zumbis / Ian Livingstone; tradução de Gustavo Brauner; revisão de Leonel Caldela. — Porto Alegre: Jambô, 2017. 224p. il.
	1. Literatura infanto-juvenil. I. Brauner, Gustavo. II. Caldela, Leonel. III. Título.
	CDU 794.021(0:82-311.3)

*Para minha família e
para todos os fãs de Fighting
Fantasy no mundo todo.*

SUMÁRIO

PREFÁCIO
8

REGRAS
10

FICHA DE AVENTURA
12

INTRODUÇÃO
14

SANGUE DE ZUMBIS
18

PREFÁCIO

Parece que foi ontem, mas na verdade foi há mais de trinta anos — em agosto de 1982 —, que *O Feiticeiro da Montanha de Fogo* chegava às livrarias do Reino Unido. Steve Jackson e eu estávamos bastante animados — finalmente veríamos nosso primeiro livro-jogo da série *Fighting Fantasy* nas prateleiras. Tínhamos a Games Workshop desde 1975 e estávamos convencidos de que jogos de interpretação e entretenimento interativo seriam o futuro — e foram, pelo menos o nosso. Em *Feiticeiro*, criamos uma história com uma narrativa aberta e com um sistema de jogo. Esperávamos alcançar mais que apenas os fanáticos por jogos, mas não podíamos prever o quão popular *Fighting Fantasy* se tornaria. Escritas em segunda pessoa no presente, estas estranhas aventuras interativas em que "Você é o herói" se tornaram febre mundial nos anos 1980, com milhões de cópias vendidas. Quem poderia imaginar? Não a gente.

Comecei a escrever este livro em 2009. Tinha pensado em escrever uma aventura ligada à Montanha de Fogo, mas não queria fazer isso sem a colaboração de Steve Jackson. Espero que consigamos fazer isso para o aniversário de quarenta anos! Tendo trabalhado na indústria dos videogames nos últimos vinte anos, estou familiarizado com a popularidade infindável dos zumbis, e parecia omissão de minha parte nunca ter escrito um *Fighting Fantasy* deles. Então me pus a trabalhar. Comecei a escrever a história em Allansia, mas então mudei de ideia e a transformei em uma história contemporânea. Deixar a fantasia medieval de lado foi uma decisão *enorme* para mim. Mas você vai notar que mantive a aventura em um castelo, em vez de pedir ao leitor que corra por aí em shopping centers e ruas do século 21 — acho que velhos hábitos não morrem!

Foi muito satisfatório escrever um novo livro, e espero que seja uma boa adição à série. Graças ao Twitter, recebi muito encorajamento ao longo do caminho e gostaria de agradecer às pessoas que me incentivaram, especialmente quando perdi boa parte do livro devido a um problema no meu computador. Também quero agradecer a Simon Flynn e à equipe da Icon por sua fé em *Fighting Fantasy*, a Greg Staples pela capa maravilhosa, a Andi Ewington por sua ajuda inestimável na produção e, é claro, a Steve Jackson por uma vida de amizade matando monstros juntos.

Então, aqui está — *Sangue de Zumbis*, um novo livro-jogo da série *Fighting Fantasy*. Espero que vocês se divirtam com os zumbis... Pois vão encontrar muitos enquanto exploram o Castelo Goraya!

Será que VOCÊ conseguirá sobreviver?

— Ian Livingstone

REGRAS

Sangue de Zumbis é um livro-jogo da série *Fighting Fantasy* em que VOCÊ é o herói! A única forma de vencer é escolhendo o caminho certo, encontrando itens, evitando armadilhas e sobrevivendo aos combates. Há uma *ficha de aventura* na página 12 para você anotar tudo o que descobrir ao longo do caminho, como informações, dinheiro e armas. Anote também a quantidade de zumbis que você matou.

Combate

O combate acontece em uma série de rodadas. A maioria dos inimigos são zumbis. Eles normalmente são lentos e estão desarmados, o que permite que você ataque primeiro. O combate envolve dois atributos — Energia e dano.

Energia representa a sua força. Quanto mais alta, mais forte você é. Para calcular sua Energia inicial, role dois dados (ou folheie as páginas e pegue um dos resultados impressos no livro) e some 12 ao resultado. Anote o total na sua *ficha de aventura*. Sua Energia vai subir e descer ao longo da aventura. Por exemplo, vai subir quando você usar kits médicos (que só podem ser usados uma vez cada) e vai descer quando se ferir. Se a sua Energia cair a zero, você morre e sua aventura acaba.

Dano diminui a Energia, e é calculado rolando dados de acordo com sua arma. Uma adaga, por exemplo causa 1d6 de dano; já uma metralhadora causa 2d6+5 de dano! Caso não tenha uma arma, você deve lutar com as mãos nuas, causando 1d6–3 de dano. Anote o dano de cada arma em sua *ficha de aventura*. Quando você encontra zumbis, deve escolher uma arma e rolar seu dano. O número rolado determina o número de zumbis mortos, pois eles têm apenas 1 ponto de Energia cada. Embora pareça fácil matar um zumbi, eles normalmente atacam em grandes números, o que torna difícil derrotá-los em uma única rodada. Depois do seu ataque, os zumbis restantes vão reduzir sua Energia em 1 ponto (zumbis armados podem causar mais de 1 ponto de dano). Então, uma nova rodada se inicia, com você atacando os zumbis e quaisquer zumbis restantes atacando-o de volta. As rodadas continuam até que os seus inimigos morram — ou você.

Exemplo: você encontra 14 zumbis. Sua Energia atual é 15 e você possui uma escopeta, que causa 1d6+5 de dano. Você rola um 3, resultando em 8 zumbis mortos. Como sobraram 6 zumbis, você perde 6 pontos de Energia, reduzindo sua Energia para 9. Na próxima rodada, você mata os 6 zumbis restantes automaticamente pois o dano mínimo da escopeta é 6 (1d6+5).

Você precisa encontrar munição antes de usar armas de fogo, mas, uma vez que tenha encontrado munição, ela dura para sempre.

FICHA DE AVENTURA

ENERGIA

ITENS & EQUIPAMENTOS

INFORMAÇÕES

KITS MÉDICOS

DINHEIRO

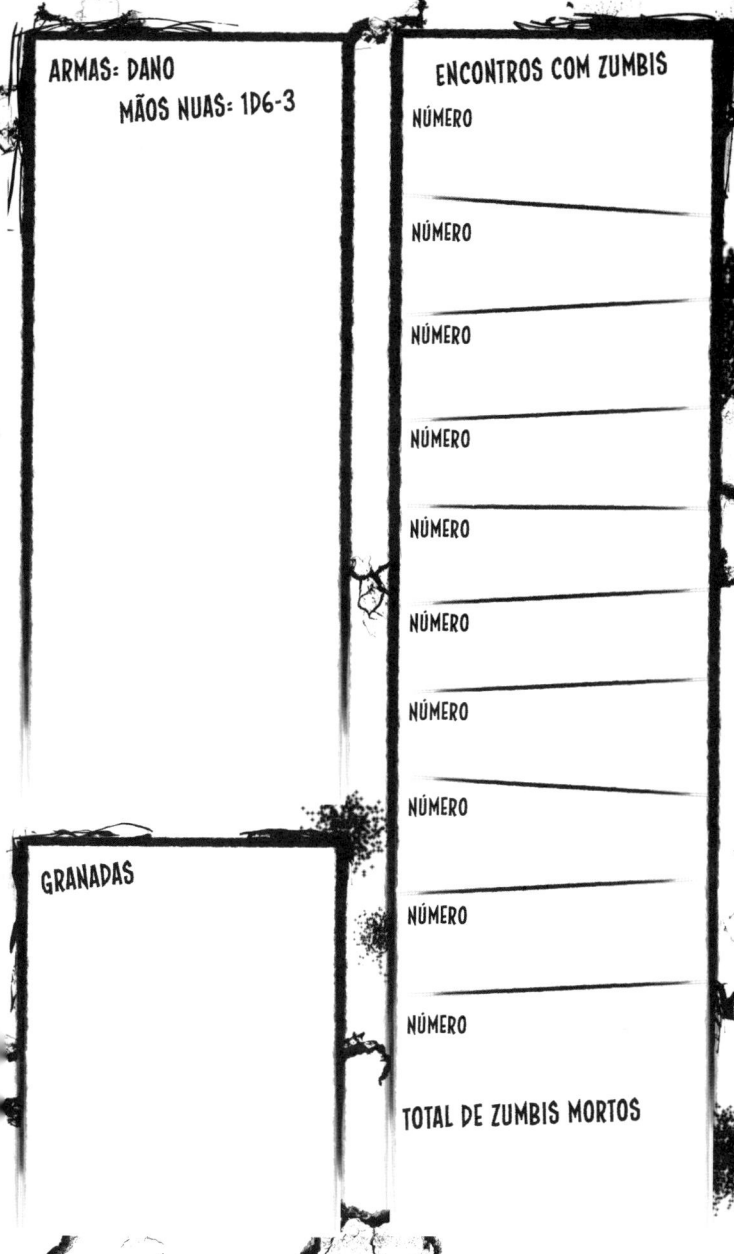

INTRODUÇÃO

Será que foram os grilhões ferindo seus pulsos que o acordaram, ou a fome rugindo em seu estômago? Não importa. Você acorda de novo pela décima vez esta noite, se é que é mesmo de noite. Não é fácil dormir em um chão de concreto frio, mas quando seus pulsos estão acorrentados a uma parede isso se torna impossível. A cela onde você está aprisionado estaria completamente escura se não fosse pela lâmpada nua no teto acima; um pequeno globo de luz pálida e tremulante. Baratas correm pelo chão, mas você não dá bola. Faz quanto tempo que você está preso? Cinco, seis dias? Impossível dizer. O tempo passa devagar. A única pausa na solidão vem quando você ouve o raspar da tranca na porta de aço. Isso sinaliza a entrada do guarda atarracado que cambaleia para dentro da cela, mancando e quase sempre bêbado. Se você tiver sorte, ele estará carregando uma pequena tigela de um ensopado de gosto horrível que pinga pela borda enquanto ele avança a movimentos bruscos. Se você tiver muita sorte, ele também trará um pedaço de pão velho e uma caneca de café fraco. Ele sempre coloca a comida no chão fora do seu alcance, e seu rosto pustulento sorri enquanto ele aproveita o momento. Ele sabe que, quando faz isso, você tem que puxar a tigela com os pés, o que faz com que os grilhões cortem seus pulsos ensanguentados. Ele nunca fala, mas sempre chuta você com força nas costelas, batendo a porta e trancando-a firme antes de ir embora.

Foi difícil aceitar o fato de que você é um prisioneiro. Como um estudante de segundo ano de mitologia do Bolingbroke College, o verão tinha sido demais — até agora. Você passou seis semanas das férias viajando pelo sul da Europa tentando encontrar evidências de feras lendárias. Começou sua aventura voando para Creta em busca da ossada do minotauro e da caverna dos ciclopes, sem sucesso. De lá, foi de barco até a Sicília procurando evidências de lobisomens, mais uma vez sem sucesso. Então, viajou de trem para a Hungria, onde procurou fantasmas em cemitérios enevoados. Para sua frustração, nenhum se materializou. Pegando carona em caminhões abertos, você acabou na Romênia, onde Conde Vlad, o famoso vampiro, teria bebido o sangue de suas vítimas. Você passou uma semana inquirindo os moradores locais sobre a existência de vampiros, mas só conseguiu expressões vazias e cabeças balançando em negação até encontrar um velho enrugado disposto a falar com você pelo preço de um chapéu novo. Ele o levou a uns três quilômetros ao norte de sua aldeia, a uma cripta de pedra, cuja entrada estava coberta por hera. Enquanto você abria caminho entre a vegetação, o velho desapareceu. A porta da cripta estava fechada, mas a madeira estava podre e você conseguiu abri-la a chutes. Você jogou uma tocha para iluminar os degraus de pedra e desceu até uma câmara úmida. Afastando teias espessas, viu um caixão antigo, coberto de pó, sobre uma base no fundo da câmara. Com seu coração batendo forte, você ergueu a tampa. Mas o caixão continha um esqueleto de ossos amarelados, não o vampiro adormecido que você esperava. Saindo da cripta, você encontrou três bandidos corpulentos esperando-o. Armados com porretes, eles o atacaram assim que você tentou fugir. Você lutou, mas, desarmado, perdeu. Você foi amarrado e amordaçado antes de ser jogado no banco de trás de um carro velho e conduzido por vários quilômetros por uma estrada estreita que abre caminho através de uma densa floresta até uma cordilheira. Lá, você viu um castelo de aparência agourenta, construído de pedra negra e aninhado em um vale entre as colinas. Os bandidos sorriram uns para os outros, concordando que você renderia um bom dinheiro quando fosse vendido no castelo. Você percebeu então que estava em grave perigo; não apenas fora raptado, mas seria vendido a escravistas modernos ou, quem sabe, a alguém ainda pior. O carro acelerou colina acima até alcançar o castelo de muralhas altas, onde parou em frente às portas em arco. Os bandidos o arrancaram do carro enquanto as portas do castelo lentamente se abriam, revelando um pátio onde algumas pessoas perambulavam. Você foi vendado e entregue a uma pessoa que o conduziu ao pátio. Você ouviu vozes rugindo ao seu redor. Os gorgolejos estranhos que eles produziam não pareciam com nada que você tivesse ouvido antes. Cães roçaram nas suas pernas, farejando curiosos. Alguém esbarrou em você. Você foi empurrado até o estalar de um chicote e uma voz de comando afastar a turba indisciplinada. Para seu alívio, você foi levado para dentro, e conduzido por um longo corredor. Portas foram abertas e fechadas, e foi ficando mais frio à medida que você era conduzido por várias escadarias cada vez mais para baixo. Você foi empurrado através de mais corredores, atingindo paredes e batendo a cabeça contra portas mais baixas, até que ordenassem que você parasse. Então você ouviu pela primeira vez o agora familiar raspar da tranca de sua cela. Você foi chutado para dentro e suas amarras foram substituídas por grilhões presos à parede. Sua venda foi retirada, e você viu a cara gorda do guarda pela primeira vez. Sua pança esticou a camiseta branca e suja quando ele chutou suas costelas com os coturnos, como ele viria a fazer diversas vezes nos próximos dias. Suando e arfando do esforço de chutá-lo, ele falou com você, com sua voz profunda e debochada: "Bem-vindo ao Castelo Goraya. Meu nome é Otto. Meu mestre é Gingrich Yurr. Ele vai matá-lo". Ignorando suas súplicas, ele partiu da cela, gargalhando. Foi a única vez que ele falou.

Quem é Gringrich Yurr? Por que ele quer matá-lo? Irritado, você dá um puxão nos grilhões, tentando libertar-se. Você acaba desistindo e se concentra no desafio de alcançar o pão e o ensopado antes que as baratas o façam.

Agora, vire a página.

1

Você afasta as baratas a chutes e se estica para alcançar o pão com os pés. Você o puxa na sua direção e o pega com uma das mãos. Você o divide em pedaços, jogando um de cada vez na boca. Você faz uma promessa estúpida a si mesmo de que um dia repetirá esse gesto para seus amigos como uma brincadeira, se viver para contar a história. Você inspira antes de se esticar ainda mais, desta vez para alcançar a tigela. A dor é insuportável quando os grilhões cortam fundo seus pulsos, fazendo com que sangue fresco escorra por seus braços. Algumas semanas atrás, você não poderia ter imaginado que experimentaria tanta agonia apenas para comer uma tigela de ensopado velho, mas a fome agora o impele. Com um último esforço excruciante, você consegue posicionar os dois pés ao redor da tigela, erguendo-a com cuidado e puxando-a até suas mãos aprisionadas. Você sorve o conteúdo, engolindo a gosma fedorenta com goles grandes. O gosto é tão ruim que por um instante você acha que vai vomitar, mas você está com tanta fome que devora cada pedaço e cartilagem. Mas uns poucos pedaços de carne podre não são suficientes nem para manter um cão sarnento vivo, muito menos um prisioneiro faminto. Algo tem de ser feito. E, se for verdade que Gingrich Yurr vai matá-lo, então não há nada a perder. Você precisa tentar fugir. Se quiser chamar Otto, vá para **59**. Se preferir esperar para falar com ele na próxima vez que ele entrar na sua cela, vá para **194**.

2

Você aterrissa no chão do corredor abaixo, machucando feio o ombro. Perca 3 pontos de Energia. O enorme zumbi que o atacou jaz imóvel perto de você, mais um acréscimo à pilha de cadáveres. Algumas das caixas e malas também caem no corredor. Se quiser investigá-las, vá para 336. Se preferir avançar para o elevador no fim do corredor, vá para 367.

3

A bala perdida zumbe quando passa rente à sua orelha e atinge a parede atrás de você. Amy está muito envergonhada por quase atingi-lo e se desculpa diversas vezes. Você responde que a culpa foi sua e que, dadas as circunstâncias, você deveria ter dito logo de cara que tinha lido seu diário. Vá para 193.

4

Você aproxima-se da beira do telhado e agarra-se à calha para que possa descer. Quando começa a descer, os zumbis no pátio ficam bastante agitados. Eles guincham alto, tomados por uma fúria aparentemente incontrolável. Você começa a questionar se essa foi uma boa ideia quando vê Gingrich Yurr sair da garagem a passos largos com um rifle de precisão com mira telescópica. Ele mira e dispara. Role um dado. Se o resultado for de 1 a 3, vá para 389. Se for de 4 a 6, vá para 58.

5

Você abre caminho entre as carcaças penduradas enquanto avança para o fundo do aposento. Você consegue ver sua respiração se cristalizar no ar congelante. Sem aviso, uma das carcaças de porco penduradas balança na sua direção, empurrada por uma mão que você não vê. Você perde o equilíbrio por um instante, quando uma zumbi mulher, vestindo um colante e uma calça legging em farrapos, salta do lado de um pedaço de carne portando uma motosserra. Seria Amy? Você não tem tempo de pensar antes que a zumbi ligue a motosserra e o ataque. Ela tem a iniciativa. Role um dado. Se o resultado ficar entre 1 e 3, vá para **130**. Se ficar entre 4 e 6, vá para **98**.

6

Uma revista rápida dos zumbis não revela nada útil. Acima, na alcova na parede da direita, há uma grande lata de lixo amarela com rodas. Há marcas de mãos ensanguentadas na tampa e sangue fresco pingando da frente dela. Se quiser erguer a tampa e dar uma olhada dentro da lata de lixo, vá para **397**. Se preferir continuar caminhando, vá para **155**.

7

Na metade do corredor, você nota um longo bastão de madeira preso a um suporte na parede. Olhando para cima, você vê um alçapão no teto. No fim do corredor há um elevador com portas de metal polido. Se quiser abrir o alçapão com o bastão, vá para 146. Se quiser usar o elevador, vá para 367.

8

Um grupo grande de zumbis emerge da escuridão, avançando rápido contra você. Há muitos deles, vinte e quatro no total. Há tempo de usar uma granada se você tiver uma, o que reduzirá seu número em 2d6+1 antes de você disparar sua arma contra o restante da horda. Se vencer, vá para 382.

9

Para sua satisfação, a chave gira na fechadura. A porta pesada abre com um rangido, conduzindo para um antigo depósito de carvão. Há uma pá em cima de uma pilha de carvão, mas não há mais nada que desperte seu interesse. Há uma porta negra de ferro na parede do fundo e uma chave pendurada em um gancho ao lado. Se quiser investigar a pilha de carvão com a pá, vá para 170. Se preferir abrir a porta com a chave pendurada ao lado, vá para 321.

10

Com arma em punho, você abre um pouco a porta. Os zumbis investem de imediato, abrem a porta a pancadas e jogam você para trás. Você atira neles enquanto eles invadem o aposento, mas continuam entrando. Você segue atirando até ficar sem munição. Você cambaleia para trás à medida que eles se aproximam, babando animados. No centro deles há um homem vestindo um macacão laranja cujo rosto você reconhece, embora esteja agora coberto de feridas abertas e machucados ensanguentados. Boris foi transformado em zumbi e logo você também se tornará um. Sua aventura acaba aqui.

11

Você corre por sua vida rumo às portas, com o carro se aproximando, a buzina alta e estridente. Yurr pisa fundo no acelerador, tentando ir ainda mais rápido. O carro está quase na velocidade máxima quando bate nas suas costas, catapultando você ao ar. Você cai de cabeça, quebrando o pescoço. Yurr continua dirigindo pelo pátio, socando o ar em triunfo e abanando para uma multidão invisível, como se estivesse em uma arena antiga. Sua aventura acaba aqui.

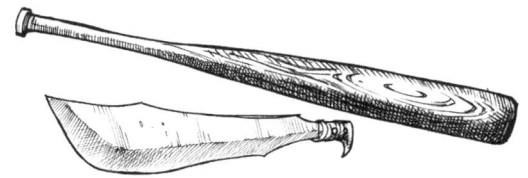

12

Você logo chega a outra porta na parede da direita, mais uma vez pintada de branco. Há um aviso nela com letras vermelhas que diz "Vestiário". Se quiser entrar no vestiário, vá para **54**. Se preferir continuar caminhando, vá para **220**.

13

Sem aviso, as portas do armário se abrem. Dois seres parecidos com humanos semimortos vestindo roupas rasgadas saltam dele e tentam agarrá-lo com mãos ensanguentadas e repletas de bolhas. A pele deles é pálida e coberta de feridas purulentas. Eles têm cabelos finos e oleosos, olhos fundos e injetados de sangue, e as bocas abertas revelam dentes quebrados e amarelados. Um gorgolejar sai de suas gargantas enquanto eles se aproximam. São zumbis! Você deve enfrentá-los com as mãos nuas, ou com uma arma se tiver alguma. Se vencer, vá para **235**.

14

Você alcança a porta e descobre que ela não está trancada. Você sai para a entrada do pátio calçada com pedras. Além da entrada, que fica na direção oposta àquela onde você se encontra, há outra porta, que leva para um corredor do outro lado da ala sul. À sua direita, embaixo de um enorme arco de pedra, ficam os portões principais do castelo. Estão trancados com cadeado. Os zumbis no pátio o notam e avançam em massa para você, ganindo por sangue. Eles aceleram à medida que se aproximam, alguns caindo na pressa enquanto outros mais jorram para o pátio. Há tantos que é impossível contá-los. Você precisa decidir rápido o que fazer. Se quiser lutar com eles, vá para **107**. Se quiser abrir o cadeado no portão principal, vá para **350**.

15

A cabeça do zumbi ergue-se através do alçapão, seus olhos perscrutando o aposento. Você tem de agir rápido. Você pega um tijolo do chão e o arremessa na face de vidro do relógio. Ela se estilhaça com o impacto, fazendo chover milhares de cacos de vidro em um telhado a uns doze metros abaixo. Se você tiver uma corda de escalada e um arpéu, vá para **314**. Se não tiver corda, vá para **91**.

16

Você faz a curva para a ala leste, abrindo caminho entre os cadáveres de zumbis. No primeiro andar, você encontra uma granada (2d6+1) em uma caixa de metal, mas não há sinal de Gingrich Yurr. Você de repente ouve o som do motor de um carro ligando. Você abre uma janela e vê que as portas da garagem abaixo estão abertas. Com a arma em punho, você corre escada abaixo rumo ao pátio e se dirige para a garagem. Vá para **369**.

17

É matar ou morrer neste combate corpo a corpo. Você escolhe sua arma e, com a adrenalina jorrando, investe contra os zumbis que gritam. É uma luta até a morte. Se vencer, vá para **215**.

18

A nova lâmina corta as barras de ferro em poucos minutos, permitindo que você se esprema pela abertura. Quando avança pela trilha, você nota algo flutuando no esgoto. É uma pequena garrafa de vidro verde. Se quiser pescar a garrafa, vá para **63**. Se preferir continuar caminhando, vá para **278**.

19

A fera gigante desaba, fazendo o chão de madeira tremer. "Precisamos fugir do castelo agora mesmo. Yurr vai perder a cabeça quando descobrir que acabamos com seu zumbi favorito", diz Amy, ansiosa. Você diz que vai ajudá-la a fugir. "Mas e você?", ela pergunta. Você responde que não pode deixar o castelo até que todos os zumbis sejam destruídos. "Isso é loucura!", ela grita. "Você vai ter que voltar ao porão, porque é lá que a maioria deles está, escondidos em suas celas fedidas. Você não pode estar querendo voltar lá". Confirmando com a cabeça para dizer que sim, você sai do escritório para o corredor. Se quiser ir para a esquerda, vá para **356**. Se quiser ir para a direita, vá para **207**.

20

Você revista os zumbis rapidamente e descobre uma caixa de fósforos e US$ 7. Você deixa o banheiro pela porta vai e vem e abre a porta do quarto (vá para **183**).

21

Você oferece a Otto uma escolha: que ele conte sobre Gingrich Yurr ou receba um chute muito forte nas costelas. Ele rapidamente concorda em contar tudo o que sabe. Ele afirma nunca ter conhecido Yurr. Ele foi trazido para o castelo por dois homens que o recrutaram em sua cidade natal, prometendo trabalho como guarda de uma prisão. Eles ofereceram um bom pagamento... bom demais para deixar passar. Isso foi dois anos atrás. Agora ele mesmo se sente um prisioneiro, pois não permitem que ele deixe a área da prisão a menos que seja para cuidar de um novo prisioneiro. Apenas um punhado de pessoas já falou com ele. Era melhor para ele não fazer perguntas sobre por que as pessoas eram trazidas para o castelo. Ele sabe que Gingrich Yurr é um homem amedrontador. Ele descobriu com o velho que trouxe seus suprimentos que Yurr está planejando algo terrível! Algo que envolve os prisioneiros. Mas ele não tem ideia do que possa ser, pois seu papel é apenas guardar novos prisioneiros até que sejam levados para outra parte do castelo. Otto fica em silêncio, encarando sem expressão o chão. Não há tempo a perder; você precisa escapar. Vá para **73**.

22

Os zumbis que resistiram à primeira saraivada mortal das balas sobem a escada e saltam para a varanda para atacar. Diminua sua ENERGIA pelo número de zumbis restantes. Se ainda estiver vivo, você deve enfrentá-los com sua arma. Se vencer, vá para **168**.

23

A armadura realmente serve perfeitamente. Você sobe o corredor, pensando em como deveria ser difícil ser um cavaleiro na Idade Média. Uma armadura de placas é muito pesada, deixa o passo muito lento e usá-la é muito cansativo. Perca 1 ponto de Energia. No entanto, a espada (1d6) é uma bela arma com lâmina afiada e você corta o ar com grande entusiasmo. Vá para **248**.

24

O elevador desce lentamente e sacudindo. Ele finalmente para no subsolo, onde as portas se abrem. Há outro par de portas que deslizam que você atravessa. Você se vê em um corredor frio, iluminado por luzes de vidro fosco no teto. O teto foi pintado com uma cor mostarda sem graça. As paredes são da mesma cor acima de uma listra da altura da cintura de azulejos verde-escuros, muitos dos quais estão faltando. A tinta nas paredes está rachada e manchada de sangue. Você sente um cheiro químico e desagradável no ar. De repente, ouve o som de passos no corredor à sua esquerda. À sua direita, uns vinte metros adiante, há portas vai e vem feitas de borracha vulcanizada. Se quiser descobrir quem está vindo pelo corredor, vá para **45**. Se quiser atravessar as portas vai e vem, vá para **31**.

25

Há outra porta branca na parede da esquerda não muito à frente. Você ouve através da porta, mas não escuta nada. Se quiser abri-la, vá para **301**. Se preferir continuar, vá para **160**.

26

Você abre a porta um pouquinho, só o suficiente para ver que o aposento está cheio de cães de ataque de aparência perversa, rosnando e latindo alto. Deve haver pelo menos dez deles. Há um molho de chaves pendurado em um prego no fundo do aposento. As feras salivantes estão freneticamente tentando sair do aposento. Algumas começam a morder a porta. Se quiser entrar no aposento e pegar as chaves, vá para **143**. Se preferir fechar a porta e continuar caminhando, vá para **276**.

27

O cientista mergulha na sua direção, mas você consegue se esquivar bem a tempo. A seringa brilha no ar, errando seu pescoço por pouco. Você dispara sua arma contra o teto e grita para o cientista largar a seringa no chão e esmagá-la com o pé. Ele obedece, ainda que relutante. Você aponta com a arma para os cientistas irem até a primeira cela aberta, e ordena que eles entrem nela. Você fecha a porta e os tranca lá dentro, levando a chave e guardando-a no bolso. Os cientistas começam a gritar para você, dizendo que, quando estiverem livres da cela, você será transformado em zumbi. Você abana, despedindo-se, prometendo que logo não haverá mais zumbis vivos no castelo. Você atravessa as portas vai e vem e chega a uma porta na parede da direita. Ela não está aberta, e você decide abri-la. Vá para **251**.

28

"Não temos rações para vender, mas Gregor e eu ficaríamos muito felizes de dividir com você os parcos suprimentos que temos", diz Boris, entregando-lhe uma barra de chocolate e uma garrafa de água. Você devora o chocolate e bebe a água em longos goles. Some 3 pontos de Energia. Você agradece a ajuda, despede-se e avança para a porta no fundo com as palavras de Boris retumbando em seus ouvidos: "Mate todos. Você precisa matar todos eles!". Vá para **157**.

29

Você lida rápido com seus agressores sem qualquer problema. Os dois zumbis caem no chão cravejados de balas. Se quiser ler o diário de Amy, vá para **123**. Se quiser revistar os bolsos das roupas esfarrapadas dos zumbis, vá para **384**.

30

A porta dá para uma estreita escada em espiral que serpenteia para o alto de uma torre circular. Com sua arma em punho pronta para ataques repentinos vindos de cima, você começa a subir. Vá para **322**.

31

Você está para atravessar as portas vai e vem quando ouve alguém gritar para você às suas costas. É uma voz que você reconhece. Então você ouve um tiro. Role um dado. Se o resultado ficar entre 1 e 3, vá para **188**. Se ficar entre 4 e 6, vá para **335**.

32

A porta está trancada e é grossa demais para arrombar. Você pode experimentar uma chave se tiver uma. Se tiver uma chave, vá para o parágrafo cujo número está gravado nela. Se não tiver uma chave, você não tem escolha a não ser voltar pela passagem estreita e virar à direita rumo ao corredor principal. Vá para **385**.

33

Você aperta o botão T, mas nada acontece. As portas do elevador se mantêm abertas. Se quiser ir até o final do corredor e abrir a porta, vá para **177**. Se preferir ficar no elevador e apertar o botão S, vá para **147**.

34

Você arranca a fita adesiva das caixas de papelão e dá uma olhada dentro delas. A maioria das caixas contém revistas e catálogos de leilões de enormes coleções de soldados de brinquedo, brinquedos de lata, histórias em quadrinhos, cartas colecionáveis e música dos anos 1960. Atrás das caixas você encontra uma pequena caixa preta de metal com uma etiqueta impressa na tampa: "Perigo". Se quiser abri-la, vá para **293**. Se preferir deixá-la intocada onde está e abrir a porta no fundo, vá para **281**. Se quiser ir até o fim do corredor, vá para **81**.

35
Você revira suas posses, procurando desesperado pela chave enquanto Amy dispara nos zumbis para mantê-los à distância. "Rápido!", ela grita a plenos pulmões. Com apenas alguns segundos de sobra, você encontra a chave em sua mochila e abre a fechadura. As portas duplas abrem e vocês correm para o mundo lá fora. Com Amy ao seu lado, você corre pela estrada tão rápido quanto pode. Seus pulmões parecem que vão explodir. Você de repente ouve o rugido do motor de um carro e o som de pneus. Você olha para trás e vê um carro esportivo acelerando na sua direção. É Gingrich Yurr dirigindo seu Austin Healey a toda velocidade. Um de seus cientistas está no banco do carona. Ele se projeta para fora da janela e começa a atirar com uma metralhadora em vocês. Role um dado. Se o resultado for de 1 a 3, vá para **205**. Se for de 4 a 6, vá para **114**.

36
A bolsa contém uma chave pequena com o número 9 gravado nela, uma caixa de fósforos e uma caneta para quadro branco. Leve os itens que quiser e continue pelo corredor. Vá para **391**.

37
Você corre para o quarto e bate a porta, trancando-a com firmeza. Você ouve um grito horrível quando os zumbis atacam Boris. A luta logo está terminada

e então há apenas silêncio, com exceção dos roncos e grunhidos eventuais vindo dos zumbis lá fora. Você percebe que eles não irão embora quando eles começam a golpear a porta. Você vai abri-la para atacá-los (vá para **10**), vai calçar alguns móveis contra a porta para impedi-los de entrar (vá para **180**) ou vai saltar da janela do quarto para o pátio abaixo (vá para **163**)?

38

A garota grita para você ir embora, senão ela vai atirar. Se quiser gritar o nome Amy, vá para **312**. Se quiser dizer o nome Amanda, vá para **197**. Se tiver uma motosserra e quiser abrir caminho pela porta, vá para **203**.

39

É praticamente impossível correr vestido com uma armadura completa. Antes que você consiga alcançar a porta, três cães de ataque na frente da matilha saltam e o derrubam. Você luta para se sentar, mas é preso contra o chão pelo peso combinado dos cães e da armadura. Os cruéis animais uivam e começam a roer sua carne onde quer que ela esteja exposta. Você tem uma morte lenta e dolorosa. Sua aventura acaba aqui.

40

Você olha para o pátio lá embaixo, onde um número enorme de zumbis enfurecidos procura por você atrás de esculturas e vasos com arbustos, embaixo de bancos e sob latões de lixo com tampa de plástico. A única forma de ter certeza de que você conseguiria derrotar uma horda tão grande seria usando a metralhadora Browning na sacada do primeiro andar, na ala leste. Gingrich Yurr não está em nenhum lugar à vista e a metralhadora pesada parece estar esperando por você. Há um cabo de tirolesa preso no telhado acima de você, que corre até o telhado da ala leste. Há uma escada de metal presa à parede que leva do chão até o telhado e que passa pela varanda. Outra forma de alcançar a varanda é descer pelo cano condutor e arriscar correr pelo pátio e subir pela escada de metal. Se tiver uma polia de aço e quiser encaixá-la na tirolesa para deslizar até a ala leste, vá para **199**. Se não tiver uma polia ou se preferir descer pelo cano condutor, vá para **387**.

41

Quando move o interruptor para cima, você ouve um clique leve de algo sendo liberado. Uma seção inteira do armário de repente se projeta da parede, revelando uma passagem secreta. Você dá uma olhada e vê que há uma escada de madeira que desce. Se quiser entrar na passagem secreta e descer as escadas, vá para **189**. Se preferir não arriscar e quiser deixar a biblioteca de imediato, vá para **160**.

42

Você aterrissa em segurança no meio do colchão e rola rápido da cama para dar uma olhada ao redor. Vá para **221**.

43

Há uma rocha larga na lateral da rodovia e vocês escondem-se atrás dela. O Austin Healey passa rugindo e canta pneus quando freia uns cinquenta metros depois dela. Se quiser dizer a Amy para correr para a cobertura da floresta enquanto você troca tiros com Yurr e seu capanga, vá para **128**. Se quiser correr para a floresta com Amy para tentar fugir, vá para **287**.

44

Você não dá chance para o azar, pega sua arma e atira em Yurr várias vezes, certificando-se de que ele não mais será uma ameaça para o mundo. Tudo em que você consegue pensar é em sair do castelo o mais rápido possível. Você corre para a garagem e dá uma olhada na van. Se tiver um molho de chaves de carro no bolso, vá para **217**. Caso contrário, vá para **96**.

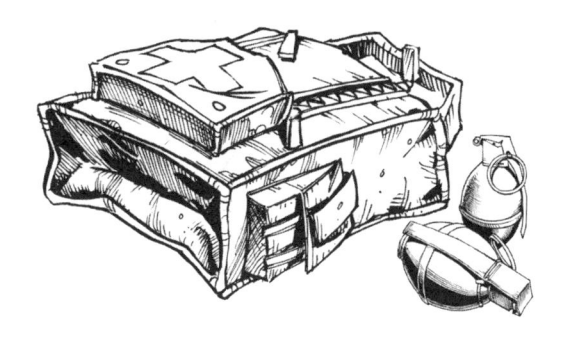

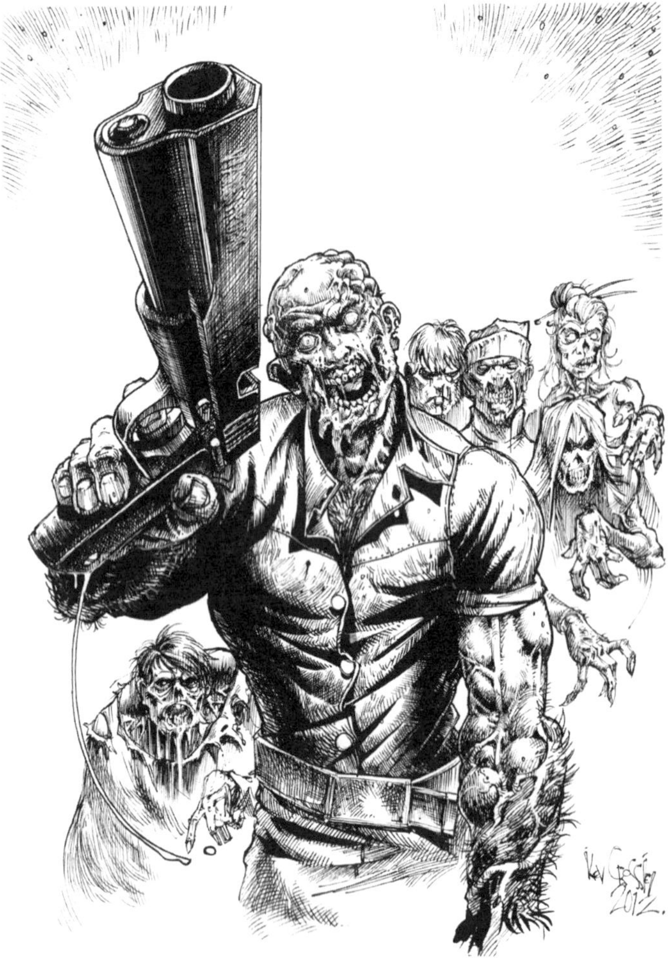

45

Logo fica claro quem está descendo o corredor. Um grupo de dezenove zumbis avança para você, liderado por alguém que você reconhece. É um homem careca, com macacão laranja e coturnos pretos. É Boris... mas não como você se lembra dele. Ele tem feridas abertas e bolhas de onde escorre líquido. Seus olhos estão injetados de sangue e inchados, saindo das órbitas escuras. Seu lábio superior foi arrancado, revelando gengivas ensanguentadas e dentes quebrados. Ele avança para você brandindo uma pistola, aparentemente inconsciente de que trata-se de uma arma. Ele urge os zumbis atrás a atacá-lo, mas não é como se precisassem de encorajamento, gritando a plenos pulmões: "Precisamos matar todos! Precisamos matar todos!". Você não tem escolha a não ser enfrentar Boris e os outros dezenove zumbis. Se vencer, vá para **149**.

46

O teto é bastante baixo e você tem que se abaixar um pouco para evitar bater a cabeça nas vigas enquanto atravessa pelas tábuas que estalam. Você está para começar a revirar as caixas e malas quando de repente um punho enorme atravessa o teto e o agarra pelo pescoço. Você é erguido no ar por uma mão que não tem um dedo e que está coberta de pústulas avermelhadas. Se tiver uma arma em mãos, vá para **361**. Caso contrário, vá para **186**.

47

O corredor é acarpetado e as paredes estão cobertas por um papel de parede com um padrão brilhante. Há algumas pinturas de natureza morta nas paredes, mais algumas gravuras e espelhos, mas nada que seja útil para você. Você caminha até chegar a uma curva onde o corredor vira bruscamente à direita. Do outro lado da curva você vê uma passagem branca na parede da esquerda a uns vinte metros adiante. Você vai até a porta e vê um sinal pintado com letras negras que diz "Clube de jogos noturnos". Se quiser abrir a porta, vá para **347**. Se preferir continuar caminhando, vá para **129**.

48

Correndo tão furtivamente quanto consegue, olhando para todos os lados o tempo todo, você passa seções do castelo que lhe são familiares. Você alcança a ala oeste, onde corpos de zumbis jazem debatendo-se no chão, mas não há sinal de Yurr. A porta de um pequeno armário na parede está aberta. Você dá uma olhada e encontra um kit médico que adiciona 4 pontos de Energia quando usado. Você ouve o motor de um carro sendo ligado. Você olha pela janela e vê que as portas da garagem na ala leste estão abertas. De arma em punho, você corre para o pátio e dirige-se para a garagem. Vá para **369**.

49

A granada quica pelo chão do corredor na sua direção e quase de imediato há uma explosão ensurdecedora que ecoa alto. Você é erguido pela explosão e jogado violentamente contra a parede. Os efeitos da explosão ficam ainda piores dentro do espaço limitado do corredor. Fumaça, pó e destroços enchem o ar. Role um dado. Se o resultado for 1 ou 2, vá para **383**. Se for 3 ou 4, vá para **319**. Se for 5 ou 6, vá para **115**.

50

Apesar do espaço apertado do elevador, o colete protetor absorve o pior da explosão. Você é atingido por apenas dois estilhaços. Perca 4 pontos de ENERGIA. Se ainda estiver vivo, vá para **234**.

51

Você se apresenta aos homens, contando como foi sequestrado. "Conte para alguém que se importa", diz Boris, dando de ombros, indiferente à sua triste história. "Nós podemos ajudá-lo. Temos coisas de que você pode precisar e podemos vendê-las. Mas tudo tem um preço. E o preço é em dólares. Aceite ou caia fora." Se tiver alguns dólares e quiser comprar alguma coisa, vá para **131**. Se não tiver dólares, você pode ir para a porta do fundo (vá para **157**) ou enfrentar os homens (vá para **284**).

52

Você diz a Amy que tudo vai ficar bem, mas ela implora que você parta com ela em busca de ajuda, dizendo que seria melhor se as autoridades enviassem o exército para lidar com os zumbis. Você diz a ela que, quando o exército chegar, já pode ser tarde demais. Você diz que está na hora de você voltar ao castelo, e a aconselha a seguir a estrada para que não se perca na floresta e a se certificar de que não ficará à vista de ninguém que passe dirigindo. Você abana em despedida, dizendo que logo vai reencontrá-la. Não demora para você estar de volta ao castelo, onde, para sua surpresa, você descobre que o portão principal continua destrancado. Você abre uma das portas e a atravessa sem chamar a atenção, fechando-a quando passa. Você vira à esquerda pela ala sul, e então ruma para o norte pela ala oeste antes de alcançar a escada na bifurcação com a ala norte. Você está para descer a escada para o subsolo quando vê um telescópio montado na mesa em frente. Vá para **230**.

53
Você atravessa as portas vai e vem e vê seis zumbis de aparência assassina cambaleando pelo quarto. Eles o veem e avançam para você ao mesmo tempo, decididos a arrancar cada um de seus membros. Você precisa enfrentá-los. Se vencer, vá para **268**.

54
Você dá uma olhada pela porta e perscruta a cena de devastação. Tanto o vestiários masculino quanto o feminino foram feitos em pedaços. Os espelhos estão todos quebrados, assim como as pias. Os bancos estão partidos e estilhaçados como se al-

guém tivesse batido neles com uma marreta. As portas dos armários foram arrancadas, assim como as dos cubículos dos chuveiros. Os canos foram arrancados das paredes e há água jorrando deles. Os zumbis que parecem ter destruído os vestiários fizeram um bom serviço. Se quiser dar uma olhada nos armários, vá para **263**. Se preferir fechar a porta e continuar caminhando, vá para **220**.

55
O cientista abaixa-se por instinto para evitar levar um tiro, o que permite que você e Amy passem correndo a janela em segurança, virando à esquerda na entrada da ala norte. Vá para **207**.

56
Você esvazia o frasco e o guarda no bolso. Você revista rápido as roupas em farrapos dos outros zumbis e encontra US$ 7 e um par de abotoaduras em forma de sapo. Você não encontra mais nada de seu interesse, então volta à escadaria. Você está para subir quando nota algo embaixo dela. É um cofre de ferro fundido cimentado no chão. A fechadura na porta é de combinação. Você tenta algumas sequências aleatórias, mas sem sucesso. Você percebe que ele é sólido demais para bater ou atirar nele e você se pergunta se tem alguma outra coisa que poderia usar para abri-lo. Se tiver um pedaço de papel amarelado, vá para **86**. Caso contrário, não há nada que possa fazer a não ser subir as escadas de volta para a biblioteca. Vá para **160**.

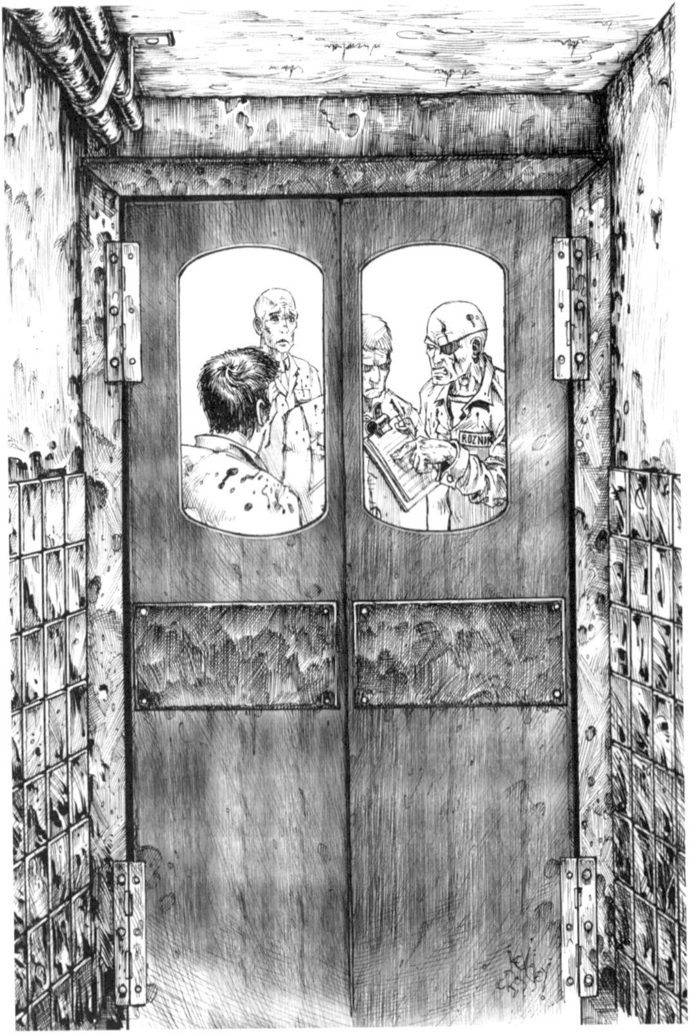
ROZNI

57

Você desce as escadas e atravessa o lúgubre corredor do subsolo, passando por celas abertas e pelo elevador antes de alcançar as portas vai e vem de borracha vulcanizada. Há pequenos painéis de vidro nelas pelos quais você vê um grupo de quatro homens de pé. Eles vestem jalecos manchados de sangue e parecem estar tendo uma discussão acalorada. Um homem de aparência maligna parece incomodado com alguma coisa e fica batendo em sua prancheta enquanto grita com outro homem. Ele tem a cabeça raspada, um tapa-olho sobre o olho esquerdo e uma cicatriz funda descendo pelo lado esquerdo do rosto. Há um nome costurado no bolso do peito: Roznik. Os três outros são Gober, Steen e Lange. Mesmo que esses cientistas sejam responsáveis por criar os zumbis de Yurr, você sabe que não pode simplesmente entrar e atirar neles. Se quiser tentar prendê-los nas celas, vá para **214**. Se tiver um jaleco e quiser fingir que é um cientista assistente recentemente contratado por Yurr, vá para **380**.

58

Gingrich Yurr é um excelente atirador. Normalmente, ele não erra um alvo. Mas, irritado, ele se apressa e erra o tiro. A bala assovia quando passa pela sua cabeça, atingindo a parede. Você não perde tempo e puxa o corpo para subir para o telhado antes que ele possa dar um segundo tiro. Role um dado. Se o resultado for de 1 a 3, vá para **211**. Se for de 4 a 6, vá para **153**.

59

Você grita por vários minutos, mas ninguém aparece. Então, ouve a tranca de ferro ser aberta. Otto entra na cela parecendo irritado. Ele tem um pano sujo, manchado de comida, amarrado no pescoço. Ele estava no meio de uma refeição e está incomodado por ter sido interrompido por um prisioneiro. Sem uma palavra, ele se aproxima de você e chuta várias vezes suas costelas já machucadas. Há um barulho repugnante quando uma delas se parte. Perca 3 pontos de Energia. Você está dolorido demais para tentar fugir e decide esperar pela próxima visita do bandido. Depois de lhe dar um último chute, ele volta para sua refeição. Vá para **194**.

60

A tela congela e o laptop desliga. Você bate a tela, frustrado. Amy tenta acalmá-lo, dizendo que usar o laptop não é importante agora. Vá para **158**.

61

Com a segurança de usar luvas de borracha para se proteger do contato direto com o sangue, você estica o braço e pega o caderno no fundo da lixeira. Você o folheia, lendo vários registros sobre o número de pessoas sendo transformadas por dia em zumbis depois de injetadas com sangue contaminado. Na maioria dos dias trata-se de apenas uma ou duas, mas um registro no dia 3 de julho mostra que oito pessoas foram infectadas. Se pelo menos você conseguisse parar esse pesadelo, ou chamar as autoridades... Há um ramal anotado na última página do caderno, o qual você decora. A anotação diz: "Yurr. Ramal 121". Você joga o caderno fora e continua caminhando. Vá para **155**.

62

Você força o objeto na abertura entre as portas, empurrando até encontrar a trava que mantém as portas fechadas. Ela se abre facilmente. Você desliza as portas e se vê em um corredor frio, iluminado por luzes de vidro fosco no teto. O teto foi pintado com uma cor mostarda sem graça. As paredes são da mesma cor acima de uma listra da altura da cintura de azulejos verde-escuros, muitos dos quais estão faltando. A tinta nas paredes está rachada e manchada de sangue. Você sente um cheiro químico e desagradável no ar. De repente, ouve o som de passos no corredor à sua esquerda. À sua direita, uns vinte metros adiante, há portas vai e vem feitas de borracha vulcanizada. Se quiser descobrir quem está vindo pelo corredor, vá para **45**. Se quiser atravessar as portas vai e vem, vá para **31**.

63

Você encontra uma vareta na trilha, que usa para pescar a garrafa de dentro da água. Ela acerta a parede do túnel, quebrando em pequenos fragmentos, revelando um pedaço de papel de caderno amarelado e amassado. Você o desamassa e encontra as palavras "número da combinação da tranca: 181" escritas nele. Você guarda o pedaço de papel no bolso e continua a caminhar. Vá para **278**.

64

Quando você começa a arrastar a mobília para longe da porta, os guinchos e batidas recomeçam. Você olha pela fresta na porta e vê que o corredor está completamente lotado de zumbis. Se quiser atacá-los, vá para **10**. Se preferir saltar da janela do quarto para o pátio abaixo, vá para **163**.

65

Você está mais ou menos na metade do cano condutor quando fica óbvio que há zumbis demais lá embaixo para você sobreviver caso eles o ataquem. Pendurado no cano por uma das mãos, você começa a disparar neles, esperando que se dispersem. Mas isso faz apenas com que mais deles venham para o pátio. Você mata muitos, mas parece impossível impedir que o resto agarre o cano e o arranque da parede. Você tenta se manter agarrado ao cano, mas não consegue ficar assim por muito tempo, e logo cai. Rasgado pelas garras e mordidas dos zumbis, você logo é infectado pelo sangue contaminado deles. Sua aventura acaba aqui.

66

A porta está trancada com um cadeado. Se tiver uma arma e quiser atirar no cadeado, vá para **259**. Se tiver um pé de cabra e quiser arrombar o cadeado, vá para **192**. Se preferir continuar descendo o corredor, vá para **388**.

67

Os dentes afiados rasgam sua carne, tirando sangue. Infelizmente para você, as gengivas do zumbi estão ensanguentadas e o sangue dele infecta o seu. Você está fadado a se tornar outro recruta no exército de zumbis de Gingrich. Sua aventura acaba aqui.

68

Você entrega a Amy o medalhão de ouro. "Meu medalhão! Onde você o encontrou?", ela pergunta animada. "Você não quer saber", você responde. "Obrigada. Obrigada. Obrigada!", ela repete feliz, um sorriso iluminando seu rosto pela primeira vez desde que você a encontrou. Você diz a Amy que é hora de partir, aconselha-a a seguir pela estrada para que não se perca na floresta, e também diz para ela se esconder de qualquer um dirigindo. Você abana em despedida, dizendo que logo vai reencontrá-la. Não demora para você estar de volta ao castelo, onde, para sua surpresa, você descobre que o portão principal continua destrancado. Você abre uma das portas duplas e a atravessa sem chamar a atenção, fechando-a quando passa. Você vira à esquerda pela ala sul, e então ruma para o norte pela ala oeste antes de alcançar a escada na bifurcação com a ala norte. Você está para descer a escada para o subsolo quando vê um telescópio montado na mesa em frente. Vá para **230**.

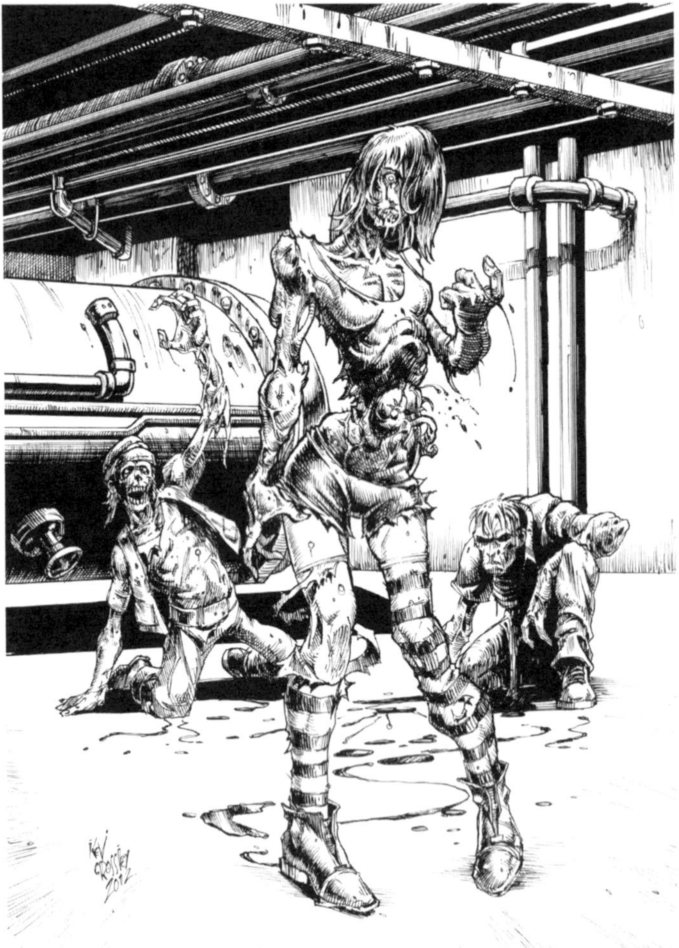
Kev Crossley 2012

69

Há um armário pequeno e vermelho preso à parede da esquerda que você não tinha notado antes, pois estava escondido da vista por uma das caldeiras. Ao abri-lo, você encontra algumas bandagens e creme antisséptico, que usa para cobrir e tratar os ferimentos em seus pulsos, já que ainda estão mal devido aos grilhões. Some 2 pontos de ENERGIA. De repente, você ouve um barulho vindo de cima. Três zumbis escorregam por um duto de ar e desabam no chão, formando uma pilha. Eles se põem de pé com dificuldade e avançam para atacar. Você deve enfrentá-los com as mãos nuas ou com uma arma, caso tenha uma. Se vencer, vá para **273**.

70

Você salta para trás para ganhar tempo e espaço para mirar na zumbi. Um único tiro é tudo o que você precisa para acabar com ela. A motosserra continua a rugir até você arrancá-la de suas mãos e desligá-la. Se era Amy, não há nada que você possa fazer para ajudá-la agora. Você agradece pela motosserra (2d6+3), que deve ser muito eficaz para deter zumbis, caso você queira carregar esta pesada arma. Diminua sua ENERGIA em 1 ponto caso decida levá-la. Depois de decidir o que fazer, você deixa a sala refrigerada e vira à direita no corredor. Vá para **341**.

71

A espada (1d6) é uma boa arma, com lâmina afiada, e você corta o ar muito mais confiante. Vá para **248**.

72

Erguendo a arma na sua direção, Amy afasta-se recuando e grita: "Você é um deles, não é? Você é um deles!". Se quiser responder que você só estava brincando e que, na verdade, leu seu diário e deduziu que ela deveria ser Amy, vá para **193**. Se quiser dizer para ela abaixar a arma, vá para **94**.

73

Quando você se vira para partir, Otto implora para você libertá-lo. Você arranca sua chave do molho de chaves e a arremessa no canto do aposento, dizendo que espera que alguém logo venha trazer-lhe uma bela tigela de ensopado. Você se despede e vai até a porta de metal. Você dá uma olhada no corredor, que é iluminado por uma fila de lâmpadas compridas no teto. Você sente o mal em todos os seus arredores e torce para encontrar uma arma logo. À sua direita, o corredor termina em uma porta entreaberta. À sua esquerda, o corredor continua até onde a vista alcança. Se quiser ir até a porta entreaberta, vá para **255**. Se quiser subir o corredor, vá para **93**.

74

Os zumbis continuam batendo e investindo contra a porta até que uma das dobradiças finalmente cede, fazendo a porta voar. Ela desaba no chão quando vinte e quatro zumbis inundam o aposento até o teto, furiosos. Você mira e atira. Se vencer, vá para **40**.

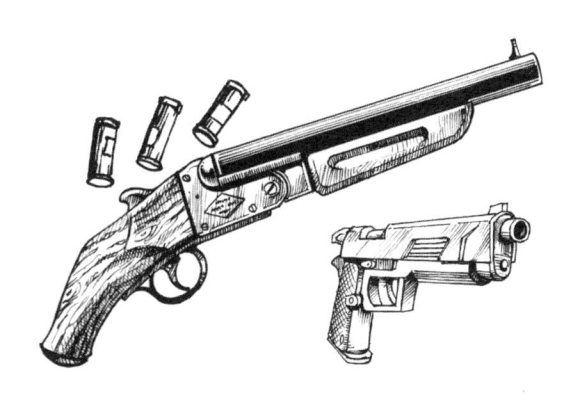

75

O martelo voa, acertando-o bem no meio da testa. É um golpe dolorido, que o deixa tonto. Perca 2 pontos de ENERGIA. Se ainda estiver vivo, vá para **399**.

76

As portas vai e vem dão para um banheiro com banheira, chuveiro, pia e privada, embora em uma porcelana de um amarelo bastante vivo. Há um armário de aço inoxidável acima da pia. Você o abre, mas não encontra nada além de uma escova de dentes e um pouco de creme dental. Você de repente ouve a porta do quarto se abrir. Se quiser voltar ao quarto armado e pronto para a luta, vá para **53**. Se preferir esconder-se atrás da cortina do chuveiro, vá para **344**.

77

O documento se abre, revelando detalhes de uma saída de emergência que Yurr construiu para que pudesse fugir do castelo caso a polícia estivesse para chegar antes que ele pudesse liberar seu exército de zumbis no mundo. Você descobre que há um painel eletrônico no fundo do depósito na ala sul que abre a porta secreta se você digitar o código 161. "Vamos, vamos para o depósito agora! Eu sei onde ele fica", Amy diz, animada. Se ainda não tiver feito isso, você pode tentar usar o telefone (vá para **323**). Se não quiser telefonar, vá para **158**.

78

Os pregos rangem quando você arranca a tampa da caixa. Está cheia de sacos de areia e de cimento. Você retira dois deles, revelando uma merendeira. A má notícia é que ela não tem comida nenhuma. A boa notícia é que ela contém duas granadas (2d6+1). Você ajeita-as em seu cinto, sentindo-se muito satisfeito com a descoberta. Elas podem ser úteis em combate, mas lembre-se de riscá-las de sua *ficha de aventura* quando usá-las. Se quiser abrir a tampa do fosso, vá para **210**. Se quiser continuar descendo o corredor, vá para **337**.

79

O zumbi segurando a granada abre caminho até a frente do grupo, cambaleia e a solta. Ela rola pelo chão na sua direção. Quase de imediato há uma explosão ensurdecedora que ecoa alto pelo corredor. Você é erguido pela explosão e jogado violentamente contra a parede. Os efeitos da explosão ficam ainda piores dentro do espaço limitado do corredor. Fumaça, pó e destroços enchem o ar. Se estiver usando um colete de proteção, vá para **275**. Se não estiver usando um colete de proteção, vá para **228**.

80
O cabo está coberto por uma graxa negra, e é difícil evitar de escorregar mais rápido do que você gostaria. Você aterrissa no chão com uma pancada, mas por sorte não se machuca. As grades de correr no fundo do elevador estão fechadas e você não consegue abri-las para entrar no porão. Se tiver um pé de cabra, vá para **185**. Caso contrário, vá para **300**.

81
Você logo chega a uma bifurcação no fim do corredor. À sua esquerda ele continua em frente antes de fazer uma curva fechada para a esquerda, de volta na direção pela qual você veio. À sua direita ele continua em frente antes de fazer uma curva fechada para a direita, também de volta na direção pela qual você veio. Diretamente à frente há uma escadaria larga e acarpetada, que desce. Há muitas batidas e gritos vindo lá de baixo. Você decide investigar com a arma em punho e pronto para o combate. Vá para **176**.

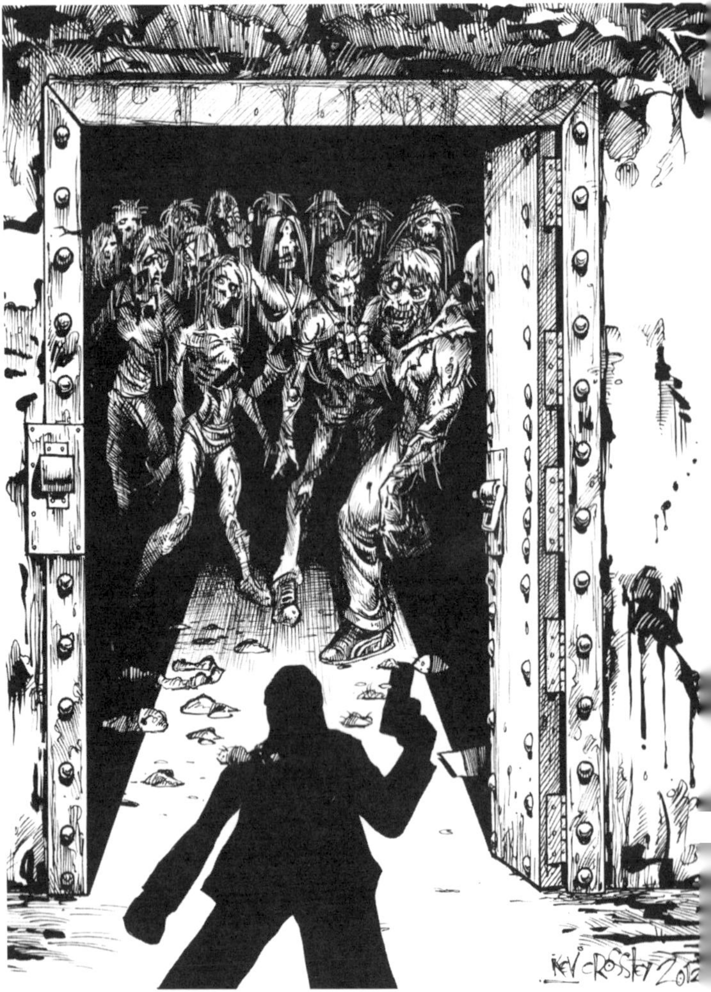

82

Você coloca ambas as chaves em suas respectivas fechaduras e vira primeiro a com o número 8, depois a com o número 2. O cadeado abre. Você empurra o ferrolho, o chiado lembrando-o da cela escura onde você ficou aprisionado até recentemente. Você de repente ouve gritos e batidas vindo do outro lado da porta. Você checa sua arma e abre a porta com um empurrão, pronto para encarar o que quer que esteja do outro lado. A porta dá para um aposento cuja luz está apagada. A luz brilhante do laboratório cria uma sombra comprida do seu corpo no chão. Um fedor horrível sai do aposento e o faz vomitar. Você vê figuras se movendo na escuridão, algumas gemendo, outras gritando de raiva. O aposento está cheio de zumbis, que avançam para você em um bloco sólido. Se quiser tatear em busca de um interruptor, vá para **310**. Se quiser disparar, vá para **179**.

83

Você revista o aposento, mas não encontra nada além de uma nota de US$ 10, presa no fundo do sofá. Não há outras portas levando para fora do aposento, então você volta ao outro fim do corredor para abrir a porta lá (vá para **30**).

84

A porta dá para um buraco pequeno, com cheiro de mofo, usado como armário. Está tão sujo lá dentro que chega a ser nojento, com fezes de rato cobrindo o chão e teias penduradas nos cantos. Há duas caixas grandes de plástico no fundo. A primeira está cheia de jornais e revistas velhos. A segunda contém livros velhos, uma carteira com US$ 2 e uma pequena caixa de papelão cheia de projéteis. Você coloca os itens que quiser em sua mochila antes de fechar a porta do buraco e continuar pelo corredor. Vá para **202**.

85

Vocês se põem de pé e começam sua longa caminhada de volta à civilização. Vocês escolhem uma trilha entre as árvores próxima à estrada, mas que os mantêm fora da vista caso Yurr passe dirigindo. Vocês caminham em silêncio, os eventos do dia horríveis demais para falar sobre eles agora. Em vez de ficar feliz por ter escapado de Yurr, Amy parece estar em choque. Um pensamento de repente cruza sua cabeça. Se tiver um medalhão de ouro em uma corrente de ouro, vá para **100**. Caso contrário, vá para **227**.

86

Você pega o pedaço de papel no bolso, lembrando-se de que ele trazia a combinação de uma fechadura. Você decide tentar o número no cofre. Vá para o número escrito no papel. Se for incapaz de fazer isso, não há nada que você possa fazer. Você fica chateado por não conseguir abrir o cofre, mas tenta se convencer de que ele provavelmente está vazio ou tem uma armadilha. Você sobe as escadas de volta para a biblioteca, mas decide não perder mais tempo lá e sai para o corredor. Vá para **160**.

87

Você joga desesperado as almofadas, a roupa de cama e os travesseiros pela janela, na esperança de que, se você cair sobre eles, eles absorvam sua queda. Você amarra um lençol na maçaneta da janela e sai por ela, descendo tão rápido quanto possível. Você suspira fundo e se solta. Você cai de cabeça e desaba no chão de cascalho do pátio abaixo. Infelizmente, você quebra o pescoço. Sua aventura acaba aqui.

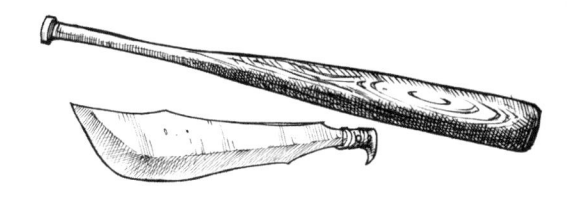

88

Enquanto atravessa o pátio correndo, você ouve o barulho de um tiro. É do rifle de precisão de Gingrich Yurr. Ele está atirando de uma janela do segundo andar na ala oeste. Role um dado. Se o resultado ficar entre 1 e 4, vá para **174**. Se for 5 ou 6, vá para **398**.

89

A porta revela um armário pequeno e escuro. Quando você procura por um interruptor, um zumbi caolho babando salta de trás de uma pilha de caixas, espalhando-as por todos os lados. Pego de surpresa, você é puxado para o chão pelo morto-vivo, que se lança em um ataque selvagem, guinchando alto. Perca 1 ponto de Energia. Você luta para afastar o pesado zumbi para que você possa se defender enquanto ele tenta mordê-lo com os dentes quebrados e infectados que se projetam para fora das gengivas. Se vencer, vá para **349**.

90

Você pega os pesos de bronze dos pratos da balança e, mantendo-se tão longe quanto possível do armário para não ser salpicado, os joga com toda a força nos jarros. Há o barulho de vidro se quebrando, e você vê satisfeito o sangue correr dos jarros quebrados para o chão. Você aproxima-se do armário no fundo do laboratório e abre as portas, para encontrar mais equipamento científico. Você também encontra duas granadas (2d6+1), uma caixa de balas e um kit médico dentro de uma caixa de metal no fundo do armário. Satisfeito com os resultados de sua sabotagem, você aproxima-se da porta trancada com um cadeado. Vá para 320.

91
O zumbi olha para você com atenção, tentando debochar de você, mas seus lábios foram costurados com barbante. Sangue corre de sua boca para seu queixo. Ainda segurando as bananas de dinamite, ele sobe os últimos degraus da torre do relógio. Se quiser atirar no zumbi, vá para 242. Se quiser saltar pelo buraco na face quebrada do relógio, vá para 368.

92
Você encontra blusas, vestidos, camisetas e jeans pendurados dentro do guarda-roupa. Há várias bolsas na prateleira de cima. Dentro de uma delas você encontra uma câmera que parece estar funcionando, mas está sem bateria. Você a guarda em sua bolsa e continua procurando. O gaveteiro está recheado de colchas, lençóis e travesseiros. A mesa de cabeceira contém um revólver carregado (1d6+2), uma escova de cabelos, uma bolsa vazia, algumas cartas, uma caneta e um diário. Se quiser ler as cartas e o diário, vá para 279. Se quiser entrar pelas portas vai e vem no fundo do aposento, vá para 222.

93

Você está tentado a voltar à sua cela e chutar Otto, mas decide esquecer essa vingança boba. Você se apressa pelo corredor, e o chão liso de concreto é frio e desconfortável para seus pés descalços. Depois de algum tempo, você vê mensagens rabiscadas na parede. Uma diz: "Eles estão vindo nos pegar". Outra diz: "Estamos perdidos". Há mais mensagens em idiomas que você não compreende. Você continua caminhando até encontrar uma bolsa de lona preta pendurada em um gancho na parede. Se quiser abrir a bolsa, vá para **36**. Se preferir continuar caminhando pelo corredor, vá para **391**.

94

Tremendo de medo, Amy derruba a arma no chão, fazendo com que ela atire. Role um dado. Se o resultado ficar entre 1 e 3, vá para **308**. Se ficar entre 4 e 6, vá para **3**.

95

Você tem sorte de ter sobrevivido à investida dos cães de ataque. Você destranca a porta e sai para o corredor. Há um fedor horrível no ar, vindo da esquerda do corredor, então você decide virar à direita, rumo a uma bifurcação em T. Há um grande baú de carvalho no chão, contra a parede do fundo. Vá para **226**.

96

Você revista a garagem do chão até o teto, mas não encontra chaves para a van. Você não quer passar um minuto sequer a mais no castelo — você está ansioso para deixar este terrível fosso do mal e encontrar-se com Amy na aldeia para qual ela estava indo. Há uma bicicleta velha debaixo de um lençol no fundo da garagem, a qual você decide estar boa o suficiente para levá-lo até lá antes de a noite cair. Você pedala até os portões de entrada, arrebentando o cadeado a tiros. Você joga sua arma fora, abre as portas para o mundo lá fora e pedala tão rápido quanto pode pela estrada que atravessa a floresta. Mais ou menos uma hora depois você vê uma jovem à frente, caminhando pela estrada. Mesmo a essa distância você vê que ela tem cabelos loiros e veste calça jeans e camiseta, então você reconhece Amy de imediato. Você a chama e ela se vira e abana freneticamente, pulando animada. "Por que você demorou tanto?", ela pergunta, sorrindo. Você responde sarcasticamente que parou para tomar um café e diz para ela sentar na barra da bicicleta. Ela ri e diz: "Não, eu pedalo e você senta na barra!". Você está cansado demais para discutir. Amy logo está pedalando pesado, ouvindo as histórias horríveis de suas batalhas com Gingrich Yurr e seus zumbis. Vá para 400.

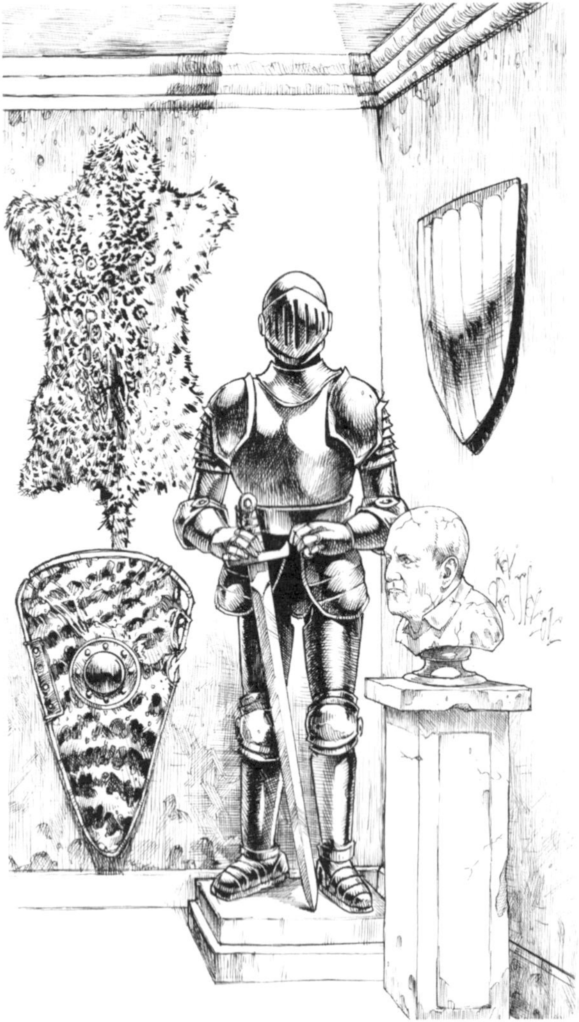

97

Trinta metros acima, você vê um busto de mármore branco de um homem contra a parede no ponto em que o corredor vira à esquerda, onde há uma magnífica armadura completa, iluminada por uma lâmpada no teto. A armadura é mais ou menos do seu tamanho. Se quiser experimentá-la, vá para **23**. Se quiser deixar a armadura, mas levar a espada, vá para **71**. Se preferir continuar caminhando sem parar, vá para **248**.

98

A zumbi brande a motosserra contra você. Você tenta saltar para longe do caminho da lâmina rotativa, mas é atingido no braço pelos dentes afiados. Perca 3 pontos de Energia. Se ainda estiver vivo, vá para **70**.

99

Colocando o braço sobre os olhos, você se joga pela face do relógio, fazendo um monte de vidro voar. Você cai como uma pedra, agitando pernas e braços, tentando se manter mais ou menos de pé. Quando cai, você rola para tentar amortecer a queda. Mas doze metros são um longo caminho até um teto sólido. Role dois dados e diminua o resultado de sua Energia. Se ainda estiver vivo, vá para **359**.

100

Você enfia a mão no bolso e dá a Amy a corrente e o broche de ouro. "Meu broche! Onde você o encontrou?", ela pergunta, animada, saindo do seu silêncio moroso. "Você não quer saber", você responde. "Obrigada. Obrigada. Obrigada", ela diz, alegre, sorrindo pela primeira vez desde que você a conheceu. Vocês começam a caminhar e apertam o passo na esperança de alcançar uma aldeia antes de escurecer. Vá para **400**.

101

Você usa as mãos nuas para pegar o caderno. Você o folheia, lendo vários registros sobre o número de pessoas sendo transformadas por dia em zumbis depois de injetadas com sangue contaminado. Na maioria dos dias trata-se de apenas uma ou duas, mas um registro no dia 3 de julho mostra que oito pessoas foram infectadas. Se pelo menos você conseguisse deter esse pesadelo terrível, ou se você pudesse chamar as autoridades... Há um ramal de telefone anotado na última página do caderno, mas você não se incomoda em decorá-lo. Você joga o caderno longe e sai caminhando, sem saber que uma gota de sangue de zumbi passou do caderno para uma ferida aberta em seu pulso. Você já está perdendo sua habilidade de pensar e, quando chega ao fim do corredor, você já começou a se transformar em um zumbi irracional, e logo vai se juntar ao exército morto-vivo de Gingrich Yurr. Sua aventura acaba aqui.

102

Você está preso no fundo do poço do elevador e não consegue encontrar uma forma de se libertar. Se quiser gritar por ajuda, vá para **374**. Se quiser subir pelo cabo do elevador, vá para **190**.

103

O corredor termina em uma porta branca, de aparência firme. Você coloca o ouvido contra ela, mas não ouve nada. Se quiser abrir a porta, vá para **378**. Se preferir dar meia-volta e caminhar pelo corredor na direção contrária, vá para **265**.

104

Você é acertado por uma pedra com tanta ferocidade que cai no chão. Você desaba inconsciente. Os zumbis formam uma pilha sobre você, cada um rasgando a sua carne. Você não recobra a consciência até ser transformado em um zumbi, fadado a uma existência morta-viva. Sua aventura acaba aqui.

105

Você abre o estojo do violino e sorri. Ele contém uma metralhadora (2d6+5) e várias balas. Se ainda não tiver feito isso, você pode tentar abrir a caixa de equipamento (vá para 272). Se preferir virar à esquerda para fora do aposento e então virar à direita de imediato no corredor, vá para 252.

106

Você está muito ferido e sangra bastante. Sua melhor arma também foi destruída na explosão; apague-a de sua *ficha de aventura*. Se tiver um kit médico, você deve usá-lo agora. Vá para 267. Se não tiver um kit médico, você corre grande perigo de sangrar até a morte. A menos que encontre um kit médico em um dos três próximos aposentos em que decidir entrar, sua aventura terá acabado. Mantenha um registro dos próximos três aposentos. Agarrando os ferimentos com ambas as mãos, você cambaleia corredor abaixo. Vá para 25.

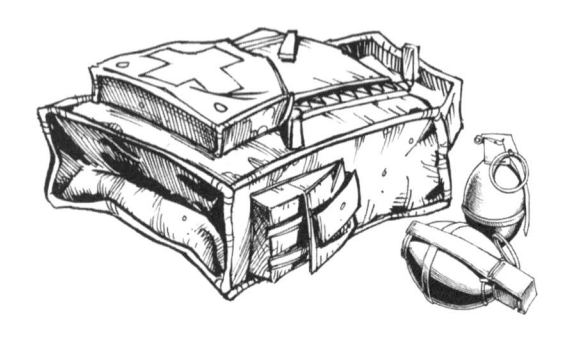

107

Quando a massa fervilhante de zumbis o alcança, você percebe que há zumbis demais para enfrentar. Se ainda quiser atirar no zumbis, vá para **266**. Se quiser abrir o portão principal para fugir, vá para **394**.

108

Emergindo da fumaça e do pó, os zumbis remanescentes pisam por cima dos mortos-vivos caídos e cambaleiam na sua direção gritando e guinchando. Eles se aproximam bem quando você tira o pino da granada e tenta arremessá-la na linha de frente dos zumbis. Role um dado. Se o resultado ficar entre 1 e 3, vá para **184**. Se ficar entre 4 e 6, vá para **253**.

109

Há quatro zumbis descendo o corredor desajeitadamente na sua direção. Eles têm pele pálida e esverdeada, coberta de feridas abertas e machucados de onde escorre pus. Seus cabelos pendem em chumaços oleosos. Eles têm lábios rachados e línguas ensanguentadas que pendem de suas bocas abertas. Seus olhos fundos estão avermelhados e injetados de sangue, mas eles ficam bastante animados quando o veem, soltando guinchos e produzindo sons gorgolejantes enquanto tentam andar mais rápido. Você deve enfrentá-los com as mãos nuas ou com uma arma, se tiver alguma. Se vencer, vá para **136**.

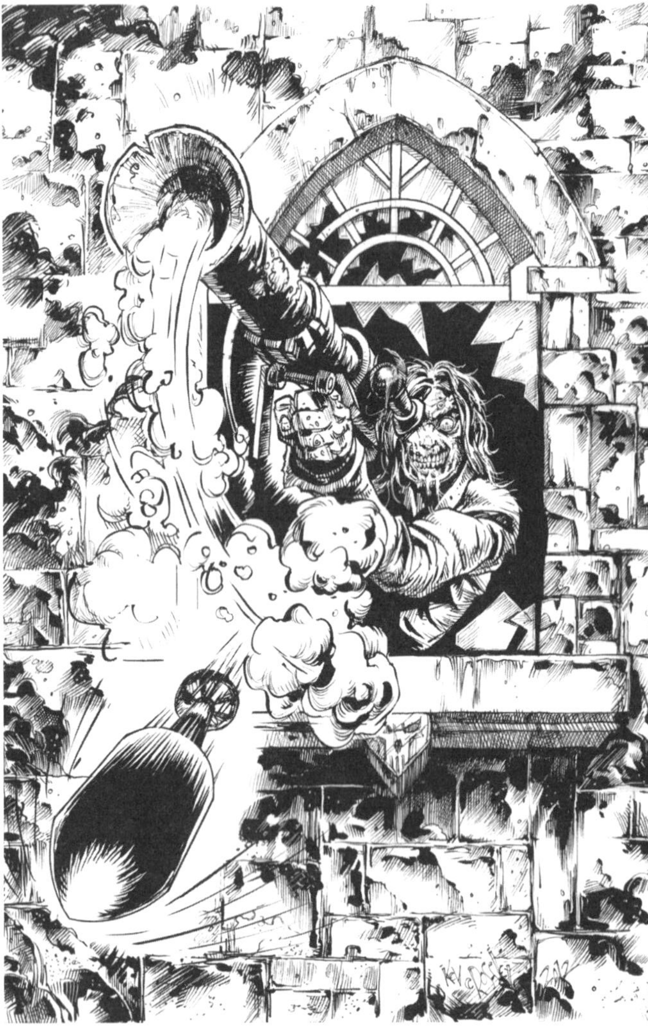

110

A batalha acabou. Nenhum outro zumbi vem para o pátio. A sirene de ataque aéreo não está mais soando, e o silêncio não parece natural sem o rá-tá-tá da Browning, da qual ainda sai fumaça dos canos agora vermelhos de tão quentes. Você olha para a torre de observação, mas Yurr desapareceu. Você perscruta as janelas que dão para o pátio e nota algo projetando-se de uma janela aberta diretamente à sua frente. Você protege os olhos do sol e vê que é o cano de uma arma enorme, e a luz do sol reflete em sua mira telescópica. Segurando a arma está Gingrich Yurr, seu rosto horrivelmente desfigurado como os de seus seguidores zumbis. Uma bola de fumaça sai da boca do cano. Você tem um milissegundo para decidir o que fazer. Se quiser disparar a metralhadora contra a janela, vá para **292**. Se quiser saltar da varanda, vá para **224**.

111

A porta de segurança abre e você encontra um pequeno maço de dólares dentro. Há US$ 45 no total. Você também encontra um molho de chaves de carro, o qual guarda no bolso. Sem encontrar mais nada de interessante, você deixa a sala de jogos e sobe um pouco mais pelo corredor. Vá para **129**.

112

Você sobe a escada devagar, até erguer a cabeça pelo alçapão. A escuridão lá dentro é penetrada por raios de luz do dia vindos de rachaduras nas telhas. Há um interruptor no marco do alçapão, que você liga. Há pilhas altas de caixas no chão feito de antigas tábuas de madeira, assim como malas velhas e móveis e pertences que ninguém quer mais. Tudo está coberto por uma camada grossa de poeira. Se quiser entrar no sótão, vá para **46**. Se preferir descer a escada e caminhar até o elevador no fim do corredor, vá para **367**.

113

Você passa por um espelho na parede e fica chocado ao ver quanto peso perdeu no curto período em que esteve trancado na cela. Você aperta o passo até o corredor fazer uma curva fechada para a esquerda, conduzindo para uma porta na parede da esquerda. Se quiser abrir a porta, vá para **295**. Se preferir continuar caminhando em frente, vá para **198**.

114

Balas assoviam pelo ar, mas nenhuma acerta Amy ou você. Se quiser atirar de volta, vá para **390**. Se quiser correr em busca de cobertura, vá para **43**.

115

Por milagre, a maioria dos estilhaços o erra, mas um pedaço pequeno fica cravado em sua perna. Perca 3 pontos de Energia. O zumbi não teve tanta sorte. Ele jaz imóvel no chão de pedra, feito em pedaços pela explosão. Você não perde tempo e aperta o passo corredor abaixo, até chegar a uma porta na parede da esquerda. Enquanto se aproxima, você ouve latidos altos vindo do outro lado da porta. Se quiser abrir a porta, vá para **26**. Se preferir continuar em frente, vá para **276**.

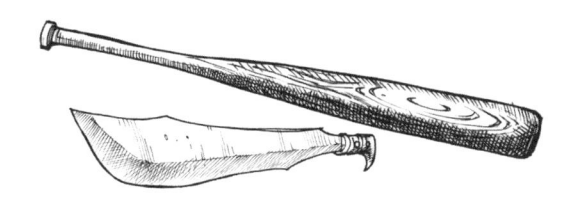

116
O elevador antigo desce devagar, roncando e trepidando antes de parar bruscamente no primeiro andar. Você aperta o botão T de novo, mas nada acontece. As portas do elevador abrem, revelando outro corredor tão longo quanto o do segundo andar, que termina em uma janela que dá para o pátio. Também há uma porta na direita, no fim do corredor. Se quiser descer o corredor e abrir a porta, vá para **177**. Se preferir ficar no elevador, você pode apertar o botão T de novo (vá para **33**) ou apertar o botão S (vá para **147**).

117
O barulho do inferno flamejante do lado de dentro do carro anula o som de passos na pedra atrás de você. Você de repente ouve um grito de agonia quando alguém pula nas suas costas. É Yurr, seu rosto

enegrecido e coberto de bolhas devido ao incêndio e com seu corpo carbonizado quente nas suas costas. Apesar de ter sido alvejado, de ter queimado e de estar gravemente ferido devido ao acidente de carro, o maníaco morto-vivo ainda não foi derrotado. Ele coloca mais força no aperto em seu pescoço e o derruba no chão, forçando-o a largar a arma. Você deve lutar por sua vida com as mãos nuas. Yurr tem 7 pontos de ENERGIA e também luta com as mãos nuas. Se vencer, vá para **44**.

118

Embora ele tenha tentado matá-lo, você fica triste com a morte de Boris. Ele era apenas uma vítima do plano maluco de Gingrich Yurr; ele não sabia que havia sido transformado em zumbi e não tinha consciência do que estava fazendo. Desculpando-se a Boris pela intrusão, você revista rápido seus bolsos, encontrando uma pequena lanterna. Você põe-se de pé, jurando caçar Yurr para vingar o pobre Boris. Se quiser abrir a porta de aço, vá para **294**. Se preferir apenas passar por esta porta, vá para **341**.

119

Quando se aproxima da porta, você ouve música, risadas e conversa em um idioma que não compreende. Todos esses sons parecem vir de um rádio ou TV. Se ainda quiser abrir a porta, vá para **290**. Se preferir voltar e abrir a porta do outro lado do corredor, vá para **30**.

120

Você passa correndo por duas portas de ferro na parede da direita e sobe o corredor o mais rápido que pode até chegar a uma porta de incêndio no fim dele. Você não para e empurra a barra de metal. Vá para **172**.

121

O telefone toca apenas uma vez antes de alguém atendê-lo. Você não ouve nada além de uma respiração lenta e pesada até uma voz arrepiante finalmente dizer: "Quem disse que um parasita coberto de doenças podia usar meu escritório? Você e aquela sua amiga loira burra estão para morrer. Vou mandar alguém pra dar um alô. Temos que matar todos! Matar todos!". Com isso, o telefone fica mudo. Você diz a Amy o que Yurr disse e ela grita que vocês precisam sair do gabinete de imediato. Vá para **158**.

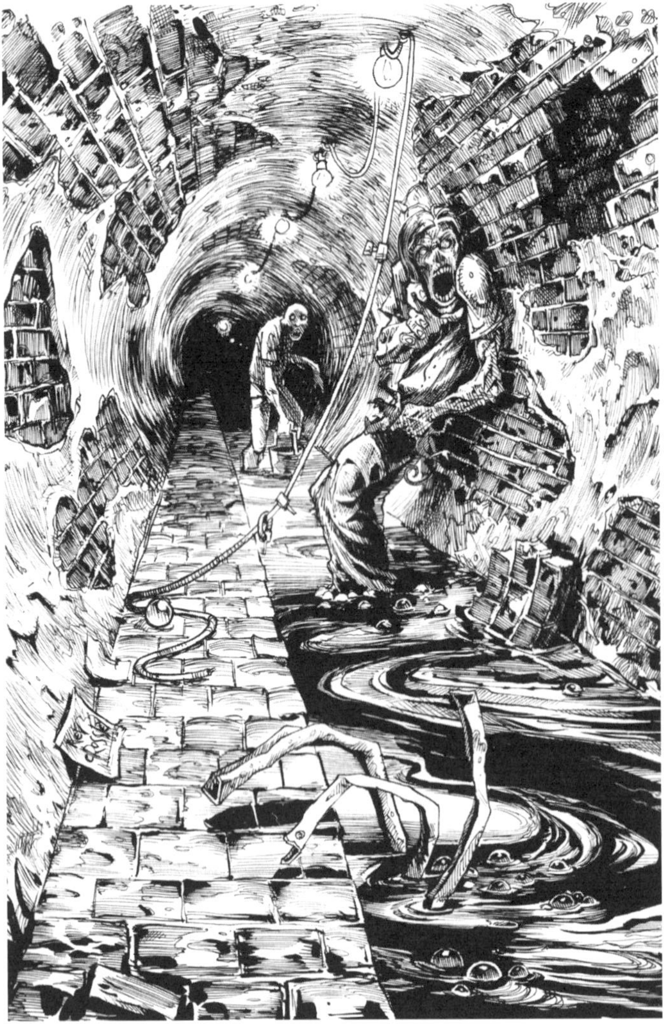

122

Um esgoto fedido, habitado por ratos, não é um lugar que você normalmente escolheria para passar o tempo, e demora até você se acostumar com o fedor. Você continua a caminhar até ser parado pela visão de duas figuras sombrias à frente, fazendo barulho quando pisam na água suja. São dois homens em farrapos, caminhando devagar na imundície escura e fedorenta. Um deles está mordendo um rato e o outro carrega um balde. Eles ficam muito animados quando o veem, apontando para você e rugindo de raiva. São zumbis! Você deve enfrentá-los com a arma que tiver. Se vencer, vá para **187**.

123

Você pega o diário e vê que é deste ano, e que o último registro é de mais ou menos uma semana atrás. Em janeiro, Amy escreveu sobre como estava animada por estar na Romênia e sobre como estava aproveitando a vida de cozinheira no castelo. Estava muito frio, mas ela amava a beleza das colinas cobertas de neve e a paisagem acidentada. Havia mais neve em fevereiro, e estava ainda mais frio, mas a vida estava ótima. Seu humor começou a mudar em março, quando ela ouviu rumores sobre Gingrich Yurr. Em abril, ela escreveu que estava preocupada com a chegada de dois cientistas de branco. Duas semanas depois, sua ansiedade se transformou em medo ao descobrir que os cientistas estavam conduzindo experimentos — em humanos! Ela ouviu gritos horríveis e pedidos de ajuda vindos do subsolo, embora tenha escrito que não teve coragem para descer e averiguar o que estava acontecendo. Um mês depois, ela escreveu sobre o fluxo constante de pessoas chegando contra sua vontade e sendo levadas para o subsolo, para nunca mais serem vistas. Atravessando duas páginas, ela escreveu em letras maiúsculas: "Nunca senti tanto medo". Há um registro no final de julho que diz apenas: "Meu Deus, há zumbis no subsolo!!!". Ela perguntou várias vezes a Gingrich Yurr se podia ir embora, mas ele não a deixou partir. No dia 27 de julho ela tentou fugir durante a noite, mas foi capturada e trazida de volta. O último registro diz: "Vou tentar fugir hoje à noite. Eu vou morrer se ficar aqui. Gingrich Yurr é louco. Ele está criando um exército de zumbis e planeja conquistar o mundo. Ele deve ser impedido". Faz sentido. Mas onde está Amy agora? Será que ela conseguiu escapar? Na parte de trás do diário há uma anotação que diz: "Nota pra mim mesma: os velhos botões do elevador não funcionam direito. Para T, aperte 2 e T ao mesmo tempo. Para S aperte 2 e S ao mesmo tempo — não que eu fosse fazer isso!". Você larga o diário e volta ao elevador, ponderando sobre o destino de Amy Fletcher. Se quiser apertar os botões 2 e T para ir para o térreo, vá para **257**. Se quiser apertar os botões 2 e S para descer para o subsolo, vá para **24**.

124

Você respira fundo e salta, dobrando os joelhos quando atinge o colchão. Role um dado. Se o resultado ficar entre 1 e 3, vá para **42**. Se ficar entre 4 e 6, vá para **171**.

125

Se tiver um pé de cabra, você pode prendê-lo entre as maçanetas do lado de fora da porta de incêndio para ganhar algum tempo para pensar. Vá para **305**. Se não tiver um pé de cabra, terá de enfrentá-los no telhado. Vá para **151**.

126

A imagem de Yurr segurando um coelho parece bastante surreal contra o pano de fundo das cores azul-claro e creme do Austin Healey esportivo dos anos 1960. Você nota que a pintura está um pouco inclinada para um lado. Se quiser olhar atrás do retrato, vá para **386**. Se quiser ir para a esquerda no corredor, vá para **223**. Se quiser ir para a direita no corredor, vá para **113**.

127

O armário o atinge bem no meio do peito. A força do impacto o empurra contra a parede do chuveiro, mas não causa dano. Vá para **375**.

128

Você espera até Amy desaparecer na floresta antes de pôr-se de pé e caminhar até a estrada. Você fica chocado ao ver o cientista injetar em si mesmo e em Yurr o que deve ser sangue de zumbi. Ao mesmo tempo, Yurr buzina repetidamente. O barulho atrai centenas de zumbis, que descem a colina correndo para você. Yurr ergue o braço e ruge encorajando seu exército morto-vivo enquanto ele mesmo se transforma em zumbi. "Que comece!", ele grita. "Os mortos-vivos viverão. A humanidade morrerá!" Você ainda consegue atirar antes de ser engolfado pelo enxame. Você logo está coberto em sangue de zumbi e é infectado. É apenas uma questão de minutos até você se tornar um zumbi e perseguir a pobre Amy enquanto ela foge pela floresta, gritando horrorizada. Sua aventura acaba aqui.

129

Alguns metros adiante, você chega a outra porta branca na parede da esquerda. Você coloca o ouvido na porta e ouve gritos, batidas e pancadas; talvez seja o som de uma briga. Se quiser abrir a porta, vá para **66**. Se preferir continuar caminhando, vá para **388**.

130

A zumbi golpeia você com a motosserra, que ruge. Você tenta saltar para longe do caminho da lâmina rotatória, mas é pego na lateral do corpo pelos dentes afiados, que abrem um ferimento fundo. Perca 6 pontos de ENERGIA. Se ainda estiver vivo, vá para **70**.

131

"Boa escolha", diz Boris, forçando um sorriso. "Você provavelmente quer saber o que está acontecendo dentro do castelo! Eu posso contar por US$ 10." Se quiser pagar, vá para **229**. Se não quiser dar o dinheiro a Boris, você pode ir até a porta no fundo (vá para **157**) ou lutar com os homens (vá para **284**).

132

Há corpos de zumbis por todos os lados, mas Gingrich Yurr não está em nenhum lugar da ala norte. Você de repente ouve o som do motor de um carro sendo ligado. Você olha pela janela e vê que as portas da garagem na ala leste estão abrindo. Com a arma em punho, você corre para o pátio e avança para a garagem. Vá para **369**.

133

Se tiver um pé de cabra ou uma espada, fica fácil arrombar a fechadura. Vá para **162**. Se não tiver nenhum desses itens e quiser atirar na fechadura, vá para **196**. Se quiser deixar o baú, você pode tomar a esquerda no corredor e abrir a porta (vá para **30**) ou tomar a direita e abrir a outra porta (vá para **119**).

134

Gingrich Yurr ri da sua estupidez. Ele mira com cuidado e puxa o gatilho do rifle uma segunda vez. O tiro é perfeito. Você está morto antes de atingir o chão. Sua aventura acaba aqui.

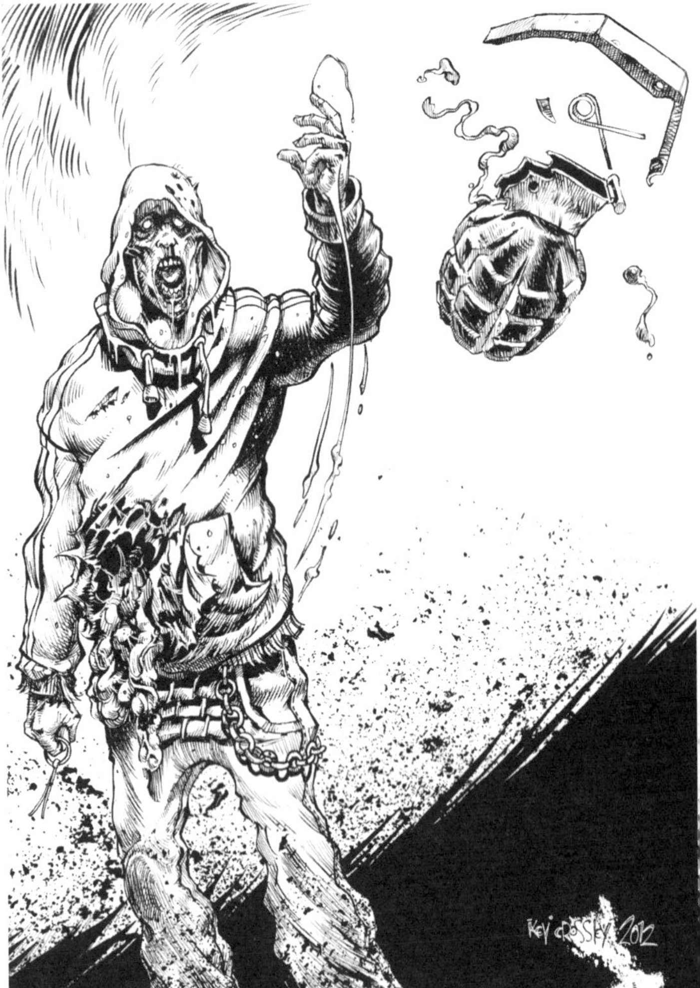

KEV CROSSLEY 2012

135

Você anda furtivamente pelo corredor e não demora a descobrir quem está pingando sangue. Um zumbi alto, vestindo um blusão velho com capuz cinza e jeans sujo cambaleia pelo corredor à sua frente, grunhindo de dor. Suas entranhas estão para fora, pingando sangue negro que corre por suas pernas e daí para o chão. Ele está bastante ferido, talvez de uma luta com outro zumbi. Ele de repente para e vira-se devagar. Ele o encara sem expressão. Seus olhos são fundos e cinzentos, e sua boca está coberta de sangue fresco. Você vê que ele está segurando algo com firmeza e então você congela. O zumbi está segurando uma granada em uma mão e o pino na outra. Sem expressão em seu rosto vazio, ele joga a granada em você de maneira casual, despreocupado com a possível explosão fatal. Se estiver usando um colete de proteção, vá para **340**. Caso contrário, vá para **49**.

136

Você nota que um dos zumbis está agarrando uma pistola (1d6+2), segurando-a pelo cano. Você a tira dos dedos gordos dessa monstruosidade morta-viva e descobre que o pente não tem balas, embora a pistola pareça estar funcionando. Se tiver balas na mochila, você pode atirar com a pistola. Mais abaixo no corredor, você vê uma caixa grande de madeira perto de um alçapão no chão. Se quiser abrir a tampa da caixa, vá para **152**. Se quiser tentar abrir a tampa do alçapão, vá para **210**. Se preferir continuar caminhando, vá para **337**.

137

Você despeja todo o conteúdo das gavetas da escrivaninha na cama. Você encontra lápis, canetas, talões de cheque, contas velhas, papel, selos e envelopes, mas nada de utilidade real. Você abre as mesas de cabeceira e encontra um kit médico (+4 de Energia) em um, e duas granadas (2d6+1) no outro. Você se pergunta quanto tempo ainda vai levar para Yurr aparecer chamando seus zumbis. Se quiser continuar revistando o quarto, vá para **239**. Se quiser atravessar as portas vai e vem, vá para **76**. Se quiser abrir a porta do quarto, vá para **183**.

138

Roznik arranca o dinheiro da sua mão e o encara friamente, dizendo: "Bom. Já estava mais do que na hora de Yurr me pagar. Agora, já que você é novo por aqui, pode começar lavando todo o equipamento no laboratório. Estamos saindo para almoçar. O laboratório é a primeira porta à direita. Mas não abra a porta no fundo do laboratório. Ela dá para um lugar que chamamos de Sala da Pedra. É onde convertemos humanos em zumbis e eles nunca parecem satisfeitos quando isso acontece. Engraçado. Então esteja avisado — não entre lá. Eles podem não recebê-lo com muita educação!". Roznik de repente explode em risadas e parte pelo corredor do outro lado das portas vai e vem com seus amigos cientistas. Você está determinado a fazer Roznik pagar por seus atos malignos, mas por ora você tem que lidar com os zumbis. Vá para **251**.

139

Há centenas de livros nas prateleiras: clássicos, manuais, atlas, livros de história e uma seção enorme sobre mortos-vivos. Há até mesmo um livro de piadas sobre mortos-vivos intitulado *Demônios são os melhores amigos de um carniçal*. Há livros sobre vampiros, fantasmas, carniçais, esqueletos e espectros, mas há mais livros sobre zumbis do que sobre todas as outras criaturas mortas-vivas juntas. Como um estudante de feras mitológicas, você não poderia ter encontrado uma coleção melhor. Se pelo menos você pudesse passar uma semana nesta biblioteca para lê-los todos... Mas é perigoso ficar aqui se você tem alguma esperança de deixar o castelo com vida. Se ainda quiser ler um dos livros sobre zumbis, vá para **288**. Se quiser deixar a biblioteca e continuar caminhando, vá para **160**.

140

Alguém está atirando por uma janela parecida com um guichê na parede atrás de você. Por milagre, todos os tiros erram. O barulho do alarme para e tudo fica em silêncio de novo. Se quiser correr para o corredor da ala leste, vá para **289**. Se quiser virar e atirar, vá para **156**.

141

Há uma passagem estreita atrás do colchão, tão estreita que exigiria que você andasse de lado caso quisesse tomá-la. Você dá uma olhada, mas está escuro demais para ver muito longe. Se quiser se espremer pela passagem, vá para **244**. Se quiser continuar caminhando, vá para **385**.

142

Os tiros rápidos deixam seis buracos na porta. Os dois zumbis que estavam esperando do lado de fora desabam com uma pancada. Eles não voltam a se mover. Se quiser ler o diário de Amy, vá para **123**. Se quiser revistar as roupas em farrapos dos zumbis, vá para **384**.

143

Assim que você abre a porta, os cães saltam para atacar. Você precisa se defender com a arma que tiver em mãos. Há dezessete cães de ataque no aposento, cada um com 1 ponto de Energia, e cada um causa 1 ponto de dano. Se vencer, vá para **351**.

144

Você se mantém no lugar enquanto o carro se aproxima, mirando com cuidado e atirando rápido no enlouquecido motorista morto-vivo. Yurr é atingido e o carro de repente desvia para a esquerda, batendo de frente em alta velocidade antes de irromper em chamas. O tanque de combustível pega fogo, causando uma explosão enorme que destrói o carro por completo. Enquanto observa a ruína flamejante, você é tomado por uma sensação incrível de alívio. Perdido em pensamentos, você volta à garagem. Vá para **117**.

145
Você passa pelos corpos mutilados dos zumbis e dá uma olhada no quarto. Há penas de colchões velhos flutuando pelo aposento coberto por fumaça, criando uma cena surrealista. Além dos corpos e destroços, você vê um pequeno baú vermelho de metal em um canto no fundo. Se quiser abrir o baú, vá para **213**. Se preferir deixar o aposento com beliche e continuar pelo corredor, vá para **388**.

146
Você guia o gancho para dentro do anel de metal do alçapão. Você puxa forte o bastão até o alçapão baixar o suficiente para revelar uma escada de alumínio dobrada, presa no lado de dentro do alçapão. Se quiser usar o gancho para abrir a escada para baixo, vá para **112**. Se preferir caminhar até o elevador no fim do corredor, vá para **367**.

147
Você aperta o botão S, mas nada acontece. As portas do elevador se mantêm abertas. Se quiser descer o corredor para abrir a porta, vá para **177**. Se preferir ficar no elevador e apertar o botão T, vá para **33**.

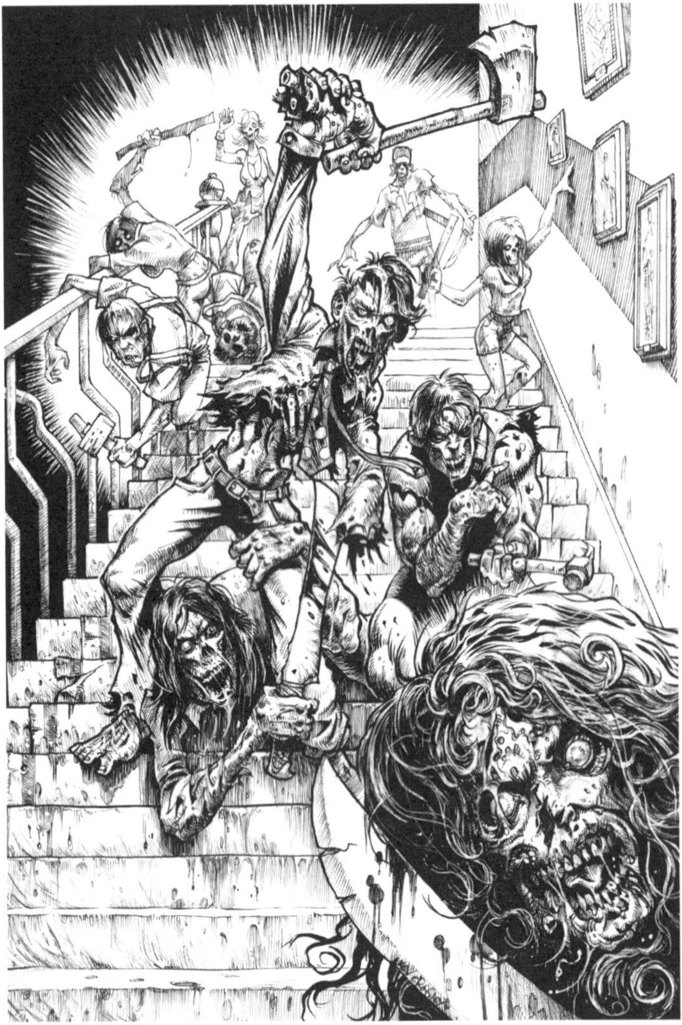

148

Você começa a subir a escada e logo descobre quem estava fazendo barulho. Doze zumbis estão descendo. Quando o veem, eles gritam e avançam cegos de fúria. Dois deles caem no chão, passam por você rolando, mas põem-se de pé e voltam para atacar. Você está cercado e precisa lutar com todos eles. Os zumbis carregam armas que tornam seus ataques mais poderosos. Alguns portam pernas de cadeiras e machadinhas, enquanto outros brandem martelos e machetes. Um dos zumbis não tem uma das mãos. Ela parece ter sido cortada recentemente, mas o zumbi não parece se preocupar com o sangue escorrendo do toco. Sua mão direita está segurando sua mão esquerda decepada que, bizarramente, segura um machado com força. Você respira fundo e saca sua arma. Depois de seu ataque, os zumbis restantes causarão 2 pontos de dano. Se vencer, vá para **373**.

149

Além da pilha de corpos, você vê que o corredor continua. Não muito adiante, você vê uma porta de aço polido na parede da direita. Se quiser abrir a porta, vá para **294**. Se quiser revistar os bolsos de Boris, vá para **118**. Se quiser continuar caminhando e apenas passar pela porta de aço, vá para **341**.

150

Você coloca o arpéu na parte de trás do relógio e joga a corda pelo buraco na frente do relógio. Depois de quebrar um pouco mais do vidro, você entra no buraco e desce como se estivesse fazendo rapel pela parede da torre do relógio. A corda não é longa o suficiente e você tem de se soltar, caindo os últimos metros até o telhado abaixo. Você torce o tornozelo quando cai. Perca 1 ponto de Energia. Vá para **359**.

151

Você ouve os zumbis aproximando-se pela escada e afasta-se da porta, pronto para encarar a chacina. Instantes depois, vinte deles tomam o telhado, furiosos. Escolha uma arma e enfrente-os. Se vencer, vá para **40**.

152

A tampa está firmemente trancada com pregos e a caixa é pesada demais para erguer e jogá-la no chão para quebrá-la. Se tiver um pé de cabra, vá para **78**. Caso contrário, você pode tentar erguer a tampa do alçapão (vá para **210**) ou caminhar pelo corredor (vá para **337**).

153

Escalar o cano condutor é difícil, mas você consegue subir no telhado antes que Yurr tenha tempo de atirar de novo. Mantendo a cabeça abaixada, você atravessa o telhado rapidamente até chegar à claraboia, pela qual você vê o que parece ser um quarto ricamente decorado. Há uma cama com dossel diretamente sob a claraboia uns cinco metros abaixo. Você não tem escolha a não ser saltar para a cama. Vá para **124**.

154
Uma das balas encontra o alvo com efeito mortal, atravessando a porta de madeira e alojando-se na sua garganta. Sua aventura acaba aqui.

155
Enquanto caminha pelo corredor, você sente um cheiro ruim no ar. Quanto mais você avança, pior fica, a ponto de você ter de segurar o nariz para impedir que o fedor nauseante o faça vomitar. Você nota uma trilha de sangue negro no chão, que conduz corredor acima. Você logo chega a uma bifurcação. Se quiser seguir a trilha de sangue em frente, vá para **135**. Se quiser virar à direita, vá para **97**.

156
Você volta correndo, disparando sua arma repetidamente na pequena janela redonda. O corredor ecoa o som de balas ricocheteando nas paredes. Role um dado. Se o resultado for entre 1 e 4, vá para **289**. Se for 5 ou 6, vá para **55**.

157
A porta dá para outro corredor de paredes brancas, iluminado por lâmpadas compridas e brancas. Você vê as palavras "Ajude-me" escritas em sangue seco na parede da esquerda. Você não para para pensar sobre a mensagem e continua até chegar a uma bifurcação em T. Se quiser ir para a esquerda, vá para **103**. Se quiser ir para a direita, vá para **265**.

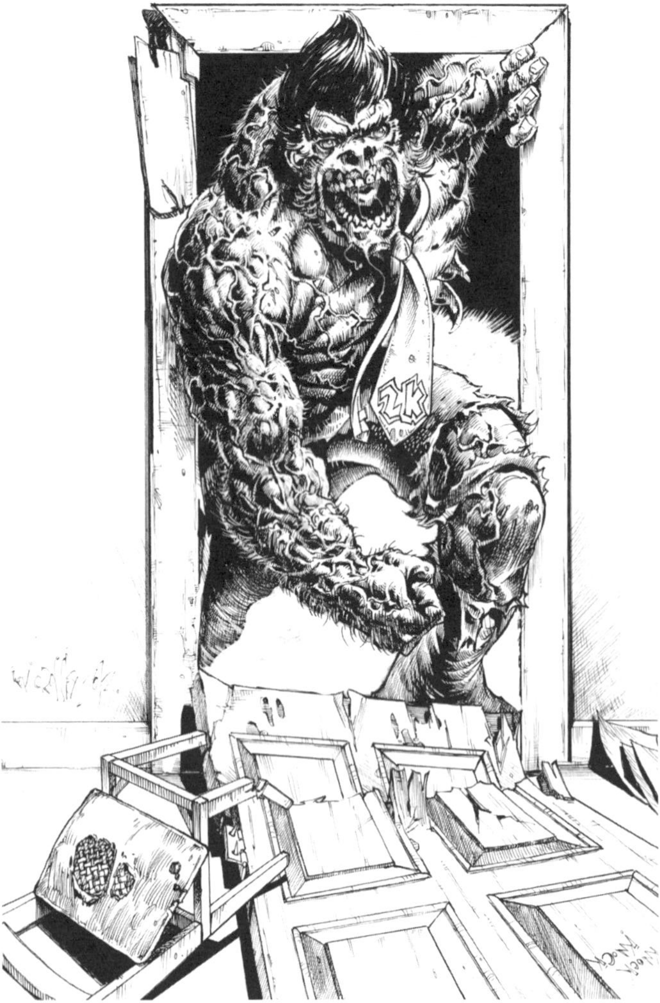
2K

158

Você de repente ouve o som de punhos batendo no lado de fora da porta do escritório. Você deixa o gabinete de Yurr e entra em seu escritório a tempo de ver a porta do fundo desabar para dentro do aposento. Um zumbi gigante, parecido com um gorila com mais de dois metros de altura, abaixa-se para entrar no escritório, gritando alto. Você pede a Amy para ajudá-lo enquanto você enfrenta esse monstro. "Estou bem atrás de você. Esse deve ser o tal Zumbi Kong — um morto-vivo mutante do Professor Roznik na tentativa de criar o zumbi definitivo", grita Amy com a pistola em punho. Para derrotar o Zumbi Kong, você precisa causar 20 pontos de dano, somando o seu dano com o de Amy (1d6+2). Se vocês não causarem 20 ou mais pontos de dano, Zumbi Kong reduz sua Energia em 6 pontos a cada rodada de combate. Se vencer, vá para **19**.

159

O elevador velho se põe em movimento com uma guinada, roncando e sacudindo enquanto desce devagar, antes de ranger até parar no primeiro andar. As portas do elevador abrem-se revelando outro longo corredor, como o do segundo andar, que termina em uma janela que dá para o pátio. Também há uma porta na direita, no fundo do corredor. Se quiser descer o corredor e abrir a porta, vá para **177**. Se preferir ficar no elevador, você pode apertar o botão T (vá para **33**) ou o botão S (vá para **147**).

160

Assim que o corredor vira à direita, há uma porta branca na parede da esquerda. Você vai até a porta e vê um sinal pintado em letras negras que diz "Sala de música". Você ouve através da porta o som de uma bateria. Ela está fora de ritmo e soa horrível. Quem quer que esteja tocando não tem nenhuma noção de ritmo. Se quiser abrir a porta, vá para **204**. Se preferir passar pela porta e virar à direita, vá para **252**.

161

Você ouve o rangido de uma seção da parede no fundo do aposento deslizando, deixando uma abertura de tamanho suficiente para você se espremer e alcançar o mundo lá fora. Amy salta de alegria. "É isso aí!", ela grita, batendo palmas animada. Uma vez do lado de fora, Amy implora para que você não volte ao castelo. Você responde que precisa deter Yurr antes que ele libere seus zumbis no mundo. Você garante que não vai demorar para lidar com os zumbis restantes e que você vai alcançá-la rapidinho. Amy olha para o chão, uma lágrima escorrendo pela bochecha. Se tiver um medalhão de ouro em uma corrente de ouro, vá para **372**. Caso contrário, vá para **285**.

162

A fechadura se abre quase sem esforço. Você ergue a tampa do baú e encontra três compartimentos separados. Um deles contém dois kits médicos que recuperarão 2 pontos de Energia quando usados. O segundo contém seis caixas de balas e cartuchos de escopeta. O terceiro contém um pequeno cilindro de gás para um fogão de acampamento. Você pode levar o que quiser e dá uma olhada no corredor. Se quiser ir para a esquerda e abrir a porta, vá para **30**. Se quiser ir para a direita e abrir a outra porta, vá para **119**.

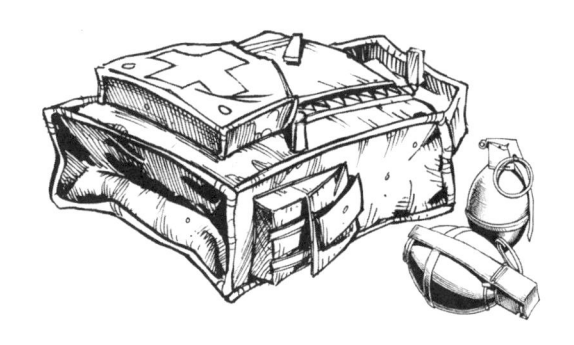

163

Você dá uma olhada pela janela e vê que o pátio fica a uns vinte metros abaixo. Desesperado, você joga travesseiros, roupa de cama e almofadas pela janela, na esperança de cair sobre eles. Você amarra um lençol na maçaneta da janela, sai por ela e desce tanto quanto possível. Você respira fundo e se solta. Você desaba no pátio coberto de pedras abaixo. Infelizmente, você cai de cabeça e quebra o pescoço. Sua aventura acaba aqui.

164

À esquerda, você vê as portas vai e vem e à direita vê outra porta de ferro na parede da direita. Além da porta, o corredor continua por algum tempo. Você tenta abrir a porta de ferro, mas ela está trancada e não há fechadura deste lado. Você sobe o corredor e descobre que ele termina em uma porta de incêndio. Não há nenhum lugar para ir, então você empurra a barra de metal que abre a porta de incêndio. Vá para 172.

165

Você não conseguiu matar todos os zumbis do Castelo Goraya. Não muito depois de você fugir, os zumbis que você não encontrou atravessaram os portões que haviam sido deixados abertos. Eles agora estão vagando enlouquecidos pela região, mordendo e infectando quem quer que sejam suas pobres vítimas. Eles acabarão chegando a Melis, provavelmente no meio da noite, onde atacarão e infectarão todos na aldeia enquanto dormem, incluindo você. Quando o dia nascer, você estará correndo com eles, um zumbi irracional em um exército de mortos-vivos. Sua aventura acaba aqui.

166

Assim que você digita o nome do gato, a tela congela e o laptop desliga. Você bate a tela em frustração. Amy tenta acalmá-lo, dizendo que não usar o laptop agora não é o fim do mundo. Vá para **158**.

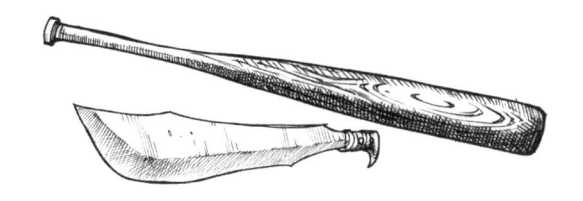

167

O dardo voa perto da sua cabeça e se aloja inofensivamente em um livro na prateleira atrás de você. Essa foi por pouco! Você examina o interruptor com cuidado e vê que há na verdade três posições. Há a posição central de desligado, uma posição para baixo que dispara a armadilha, e uma posição para cima. Se agora quiser virar o interruptor para cima, vá para **41**. Se preferir não se arriscar e quiser deixar a biblioteca de imediato, vá para **160**.

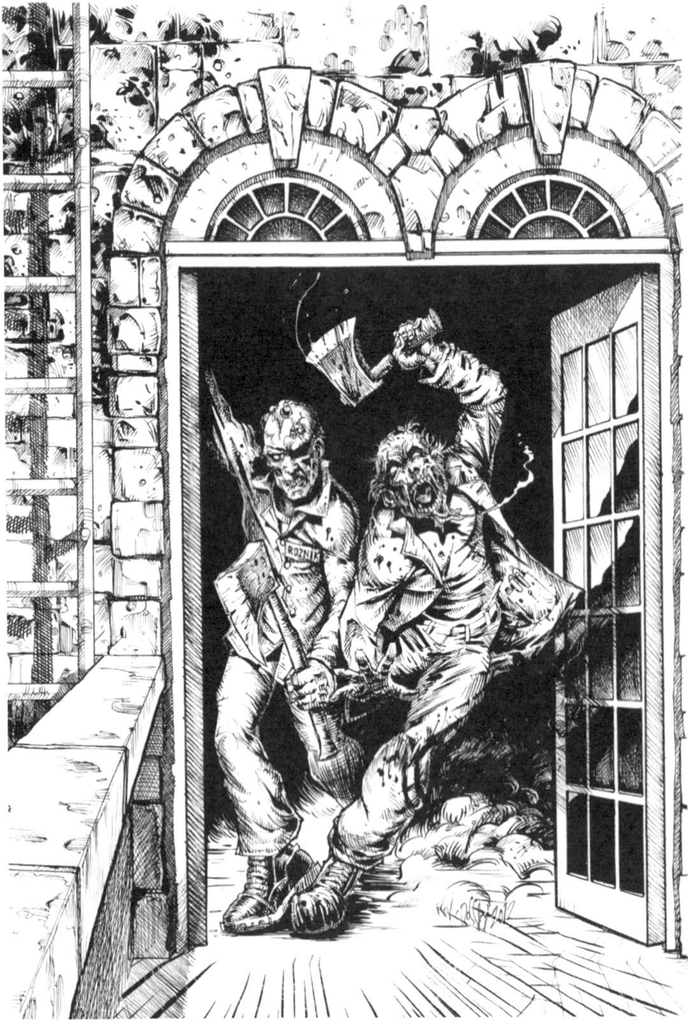
ROZNIK

168

Embora haja uma carnificina, isso não impede o resto dos zumbis de ser atraído para o pátio pela sirene de ataque aéreo. Eles cambaleiam por cima dos corpos de seus camaradas caídos, cada um desesperado para ser o primeiro a alcançá-lo. Você coloca outra cinta de cartuchos na câmara de munição da pesada metralhadora. Você está para disparar quando ouve as portas da varanda abrirem atrás de você. Dois cientistas, um deles careca e com um tapa-olho, saltam para a varanda brandindo machados. Seus rostos cinza estão cobertos de feridas abertas e machucados de onde corre pus. Ambos foram transformados em zumbis! Não há tempo para você pegar uma arma de mão, então terá de enfrentá-los com as mãos nuas (1d6-3). Os zumbis armados com machados atacam primeiro, cada um causando 2 pontos de dano. Diminua sua ENERGIA em 4 pontos. Se vencer, vá para **360**.

169

Se quiser entrar de volta no quarto e ler o diário, vá para **123**. Se quiser revistar os bolsos dos zumbis, vá para **384**.

170

É um trabalho sujo e você logo está coberto de poeira de carvão. Você está para desistir quando sua pá bate em algo sólido. Você afasta o carvão e descobre um velho saco de plástico atado com um cordão de náilon. Você desamarra o saco e encontra um arpéu atado a um rolo de corda de escalada. Você o amarra à sua mochila, concluindo que pode ser útil depois, e vai até a porta, para tentar abri-la com a chave pendurada no gancho. Vá para **321**.

171

Errando o pulo por pouco, você cai pesado na borda do colchão e cai da cama. Sua cabeça acerta o chão de mármore, causando uma dor considerável e deixando-o tonto. Perca 2 pontos de Energia. Você sacode a cabeça para tentar se focar, mas a tontura continua. Você teve uma leve concussão e em seu próximo combate deve diminuir 4 pontos de suas rolagens de dano. Sua cabeça ainda está latejando quando você se põe de pé para dar uma olhada nos arredores. Vá para **221**.

172

Abrir a porta de incêndio faz com que uma luz vermelha brilhe e um alarme comece a soar alto. Você está no fundo de uma saída de incêndio que tem uma escada de ferro em espiral que leva para outra porta de incêndio no alto. Se quiser subir a escada correndo, vá para **377**. Se quiser ficar onde está para ver se alguém aparece para investigar, vá para **8**.

173

Você escala os anéis de metal até chegar à tampa do fosso no alto dela. Você a empurra e fica aliviado ao ver que ela abre. Você sai do fosso e se vê em um aposento pequeno, sem nenhuma mobília, com paredes pintadas de branco. Há uma porta branca em uma das paredes com uma chave na fechadura. A chave gira e a porta abre para um corredor principal exatamente como aquele que deixou para entrar no esgoto. Seguir para a esquerda apenas o levaria de volta para onde você já esteve, então você decide seguir para a direita, rumo a um lance de escadas. Vá para **250**.

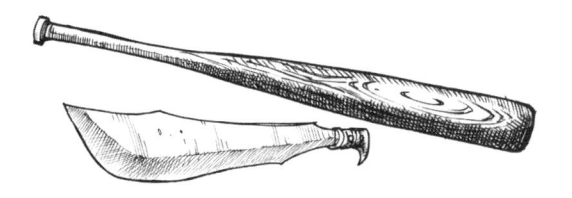

174
A essa distância é pouco provável que um excelente atirador como Yurr possa errar um alvo tão fácil. A bala o atinge na lateral da cabeça e você está morto antes de atingir o chão. Sua aventura acaba aqui.

175
O canto do armário o atinge na testa, fazendo-o gritar de dor. Você cai para trás contra a parede do chuveiro, tonto e confuso, com sangue escorrendo pelo seu rosto. Perca 4 pontos de ENERGIA. Se ainda estiver vivo, vá para **375**.

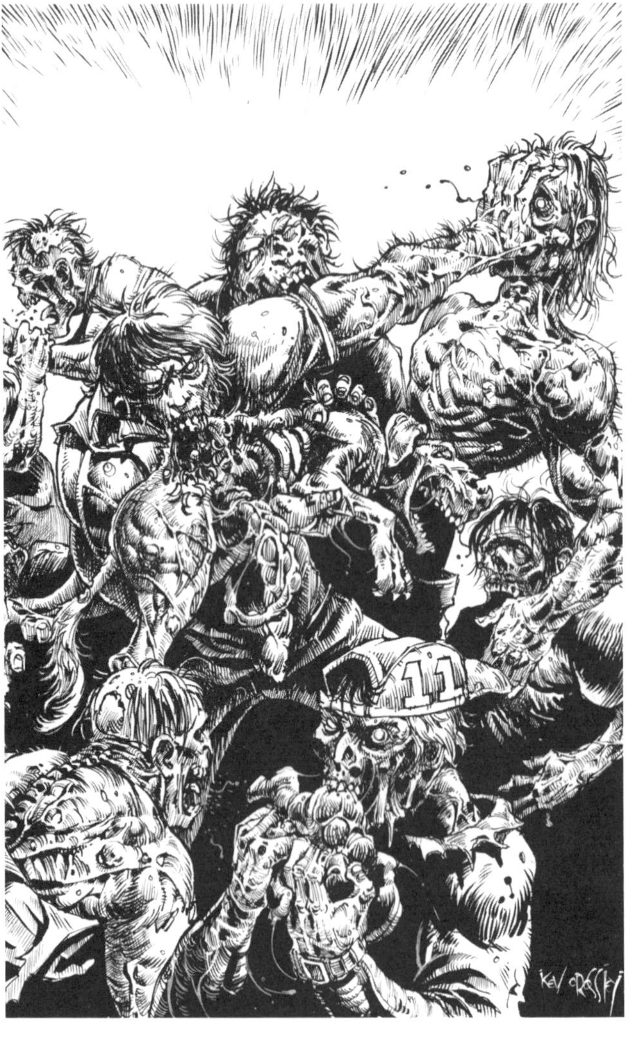

176

A escadaria desce, conduzindo para um corredor largo com chão de calcário. Você logo vê de onde o barulho e a comoção estão vindo. Uns vinte metros adiante há um grupo de zumbis lutando pela carcaça de um cão. Todos estão tentando pegar um pedaço para dar uma mordida; eles ignoram o fato de que a carcaça está coberta de vermes. A luta fica cada vez pior e mais fora de controle, com alguns dos zumbis mordendo uns aos outros nos braços e pernas, enquanto outros dois tentam arrancar os olhos um do outro. Mas, quando os famintos zumbis o veem, eles param de lutar e avançam para você, braços estendidos, babando e clamando por sangue. Há dezesseis zumbis no total e você terá de enfrentá-los. Se vencer, vá para **6**.

177

Você segue pelo corredor até chegar à porta. É branca e sólida, com uma maçaneta prateada. Você aperta o ouvido na porta, mas não ouve nada vindo do outro lado. Armado e pronto para o combate, você gira a maçaneta lentamente, abre a porta e dá uma olhada no aposento. É outro quarto, de tamanho parecido com o do andar acima. A peça central é uma cama de aparência cara com quatro colchões e cabeceira branca. Perto dela há uma mesa de cabeceira onde há um abajur de plástico claro com um quebra-luz amarelo-vívido. O quarto também tem um guarda-roupa branco e uma cômoda. Na parede do fundo há portas vai e vem brancas que você presume levar para um banheiro. Você olha pela janela e vê vários zumbis vagando a esmo. Se quiser examinar a mobília, vá para **92**. Se quiser atravessar as portas vai e vem no fundo, vá para **222**.

178

A caixa contém um canivete (1d6-2), US$ 15 e um pouco de barbante. Você pode levar o que quiser, guardando os itens na mochila, que coloca no ombro antes de sair do aposento para o corredor (vá para **93**).

179

Está escuro demais para você ver quantos zumbis estão no aposento, então você atira aleatoriamente no grupo que avança. Eles continuam a se aproximar sem recuar, mesmo quando muitos já foram mortos. Sem aviso, você é de repente atingido na lateral da cabeça por um pedaço de rocha brandido por um dos zumbis que salta das sombras à sua esquerda. Perca 3 pontos de Energia. Se ainda estiver vivo, role um dado. Se o resultado ficar entre 1 e 3, vá para **104**. Se ficar entre 4 e 6, vá para **195**.

180

Você empurra a pesada cama com dossel contra a porta e empilha toda a mobília em cima dela. O barulho do lado de fora está ficando mais alto à medida que mais zumbis são atraídos pela comoção. Eles continuam a bater contra a porta e você vê que a estrutura da porta está começando a se desprender da parede, quebrando a fechadura. Se quiser ficar onde está, vá para **327**. Se quiser saltar pela janela do quarto no pátio abaixo, vá para **233**.

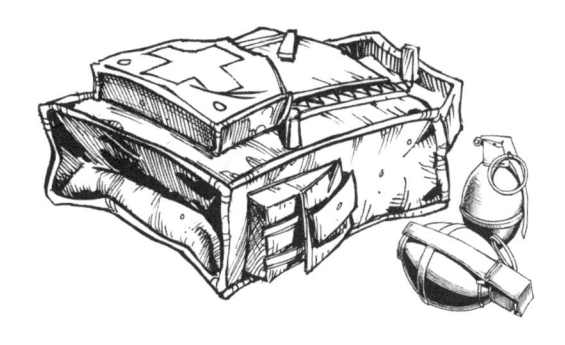

181

Você gira a tranca para os números escritos no papel e sorri satisfeito quando a porta abre. Dentro do cofre você encontra uma pilha de notas de dólar somando US$ 44 no total, duas caixas de balas, três caixas de cartuchos de escopeta, uma granada (2d6+1) e um bloco de anotações. Você o folheia. Todas as páginas estão em branco, exceto por uma, que traz as palavras "Lembrete da senha: meu carro" escritas em letras garrafais. Você arranca a página do bloco de anotações e a enfia no bolso. Satisfeito com o espólio encontrado, você sobe as escadas de volta à biblioteca, partindo imediatamente para o corredor. Vá para **160**.

182

Você ouve o lamento de uma sirene de ataque aéreo da Segunda Guerra Mundial vindo de cima. Você olha para os telhados e vê Gingrich Yurr, agora completamente transformado em zumbi, dentro de uma torre de observação acima dos portões de entrada da ala sul. Ele gira a maçaneta da sirene com as duas mãos, gritando a plenos pulmões. Uma segunda onda de mortos-vivos inunda o pátio vindo de todos os lados, vinte e seis deles no total. Eles investem contra a escada enquanto você tenta desesperadamente colocar outra cinta de cartuchos na metralhadora. Você libera a trava de segurança ergue o cabo e dispara uma rajada ensurdecedora de balas nos zumbis. Eles começam a cair como moscas, desaparecendo sob uma nuvem de pó criada pelo impacto das balas batendo no cascalho. A rápida Browning causa 2d6+15 de dano. Se você matar todos os zumbis na primeira rodada de combate, vá para **168**. Se não matar todos, vá para **22**.

183

Você se vê no fundo de um corredor estreito. Há uma janela à sua direita que dá para o pátio. Você vê alguns zumbis andando sem rumo lá embaixo. O chão do corredor está coberto por um tapete felpudo e as paredes estão forradas com um papel de parede com um padrão rico e floral. Há uma cesta de vime larga do lado de fora do quarto. Se quiser erguer a tampa da cesta, vá para **302**. Se preferir descer o corredor, vá para **271**.

184

Um dos zumbis ergue-se e agarra a granada em pleno ar. Ele a encara curioso, mas continua avançando na sua direção. Role um dado. Se o resultado ficar entre 1 e 3, vá para **352**. Se ficar entre 4 e 6, vá para **79**.

185

Não é preciso muito esforço para abrir as portas. Você as desliza uma para cada lado e se vê em um corredor frio, iluminado por luzes de vidro fosco no teto. O teto foi pintado com uma cor mostarda sem graça. As paredes são da mesma cor acima de uma listra da altura da cintura de azulejos verde-escuros, muitos dos quais estão faltando. A tinta nas paredes está rachada e manchada de sangue. Você sente um cheiro químico e desagradável no ar. De repente, ouve o som de passos no corredor à sua esquerda. À sua direita, uns vinte metros adiante, há portas vai e vem feitas de borracha vulcanizada.

Se quiser descobrir quem está vindo pelo corredor, vá para **45**. Se quiser atravessar as portas vai e vem, vá para **31**.

186

Quem quer que esteja no telhado é muito forte e não tem dificuldade em erguê-lo pelo pescoço. Você arfa por ar, sacudindo as pernas, enquanto tenta se libertar do punho de ferro em sua garganta. Mas você não consegue abrir os dedos gigantes do zumbi e não demora para que seu corpo fique frouxo. Sua aventura acaba aqui.

187

Você vê que o balde não contém nada além de ratos mortos. No entanto, você também vê um medalhão de ouro preso a uma corrente de ouro pendurado no pescoço de veias roxas de um dos zumbis. Por sorte, o zumbi caiu na calçada e você consegue pegar o medalhão no pescoço dele. Abrindo o medalhão, você vê a foto de uma moça de cabelos loiros que parece ter dezoito ou dezenove anos. O outro lado do medalhão traz o nome Amy Fletcher gravado. Você o guarda no bolso e continua caminhando, até chegar em outro poço vertical parecido com o que desceu antes. À frente você vê que o túnel está bloqueado por uma grade de ferro que o impede de continuar pela calçada. Se tiver uma serra e quiser tentar serrar as barras de ferro, vá para **18**. Se preferir sair do esgoto, vá para **173**.

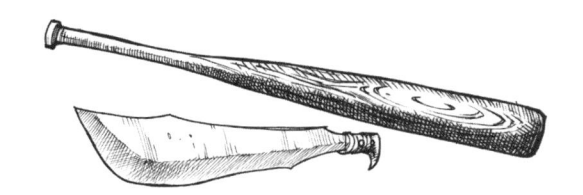

188

Uma bala perdida da arma do seu adversário o acerta na coxa, causando um ferimento superficial. Perca 3 pontos de ENERGIA. Se ainda estiver vivo, vá para **45**.

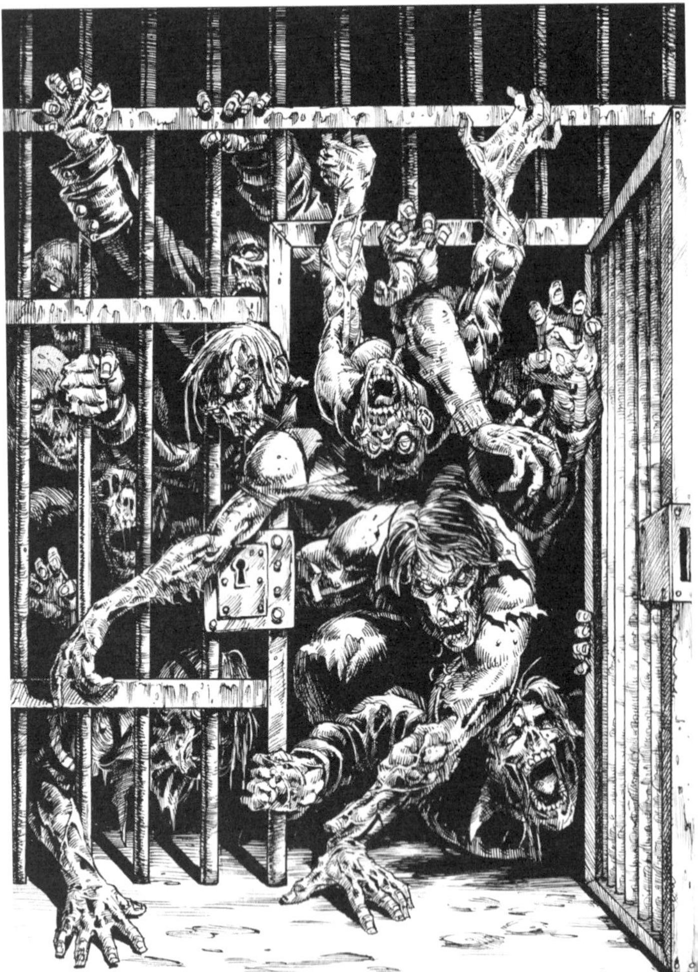

189

As escadas o conduzem para baixo, rumo a um túnel de concreto sem janelas. Você ouve vozes falando alto à frente e alguém ou alguma coisa está batendo em uma jaula de metal. Você desce o túnel lentamente rumo à origem do barulho. O túnel termina em uma cela larga, com barras de ferro e repleta de zumbis. Eles ficam loucos quando o veem — em fúria cega, eles se jogam violentamente contra as barras de ferro da porta da cela. O cadeado de repente voa da porta e os zumbis jorram da cela, braços estendidos, desesperados para devorá-lo ainda vivo. Há dezenove no total e você deve enfrentá-los com a arma que tiver nas mãos. Se vencer, vá para **232**.

190

O cabo grosso está coberto de graxa e você descobre ser impossível agarrar-se firme o suficiente para conseguir escalar. Se tiver uma espada ou pé de cabra, você pode tentar arrombar as portas de aço deslizantes (vá para **62**). Ou você pode chamar ajuda (vá para **374**).

191

Você sente uma boca úmida e babada em seu pescoço e, antes que possa fazer alguma coisa, o zumbi morde tão forte quanto pode com seus dentes irregulares e afiados. Role um dado. Se o resultado ficar entre 1 e 3, vá para **67**. Se ficar entre 4 e 6, vá para **371**.

192

Enquanto você tenta forçar a tranca, o pé de cabra escorrega, apertando seus dedos dolorosamente contra a porta. Perca 1 ponto de Energia. Você tenta de novo, e desta vez é bem-sucedido. A tranca voa longe e as portas deslizam, revelando um aposento amplo, mas parcamente iluminado e sem janelas, que parece ter sido um dormitório temporário. Há seis beliches contra as paredes, com seus colchões sujos, rasgados e abandonados. O mistério dos sons de luta é resolvido de imediato. Um grupo de zumbis irritados, alguns com membros faltando, outros com feridas abertas no rosto e corpo, luta uns com os outros dentro do aposento. Ao vê-lo, eles param de lutar. Eles agora têm um inimigo em comum — um humano! Você conta dezessete no total enquanto eles correm para você com os braços estendidos. Se tiver uma granada, esta pode ser uma boa hora para usá-la. Vá para **357**. Se não tiver nenhuma granada, você terá de usar alguma outra arma. Vá para **270**.

193

O medo e a angústia no rosto de Amy aos poucos se vai e ela espira um enorme suspiro de alívio, dizendo que ainda não consegue acreditar que você está aqui para ajudá-la a fugir. Você conta como foi sequestrado e trazido para o castelo para ser transformado em zumbi. Você explica como conseguiu escapar dominando o guarda e que tem corrido por sua vida desde então, matando zumbis em todos os cantos. "Gingrich Yurr precisa ser detido! A única maneira de fazer isso é matando todos os zumbis", diz Amy em tom urgente. Você responde que ela não é a primeira pessoa a dizer isso, e conta a história do pobre Boris. Você diz a ela para não se preocupar, e que você vai tirá-la do castelo viva — e ainda humana! Amy produz um pequeno sorriso e diz que você tem que se apressar, pois o tumulto de hoje vai fazer Gingrich Yurr, em sua mente doentia, transformar a si mesmo em zumbi e liberar seu exército de mortos-vivos no mundo. Você dá uma olhada no aposento e vê que se trata de um escritório, que Amy diz ter sido o escritório de Yurr. Há várias prateleiras na parede do fundo, todas repletas de livros e caixas de arquivo. Há uma porta no meio dessa mesma parede, e uma escrivaninha e uma cadeira de escritório na frente dela. Há uma mesa de reuniões com oito cadeiras no centro do aposento. Se quiser dar uma olhada nas gavetas da escrivaninha, vá para **296**. Se quiser abrir a porta no fundo do escritório, vá para **238**.

194

Muitas horas passam antes de você ouvir o som da tranca de metal se abrindo de novo. Embora tenha aprendido a temer a bota de Otto, o som da tranca também sinaliza a chegada de comida, por mais nojenta que seja. Como quase sempre, Otto está bêbado e ansioso por seu joguinho de colocar a tigela de sopa fria só um pouco fora do seu alcance antes de dar-lhe um bom chute. Mas desta vez você vai contra-atacar. Para distraí-lo, você diz que ele fede mais que um saco de sapos mortos, o que o deixa cego de raiva. Mas você está preparado, sua mente focada neste movimento de tudo ou nada — você vai tentar prendê-lo com as pernas e puxá-lo para o chão. Enquanto ele puxa a perna para chutá-lo, você aproveita o momento e ataca. Segurando-se nas correntes, você joga as pernas para cima, para prender o carcereiro. Se quiser tentar um arriscado golpe para acertar a cabeça dele, vá para **299**. Se quiser tentar atingir o corpo dele, vá para **345**.

195

Você fica atordoado com o golpe, mas consegue se manter em pé. Você vira-se para atirar no zumbi que o atacou e o vê cair no chão, debatendo-se. Com a cabeça girando, você cambaleia contra a parede e sem querer atinge o interruptor de luz com a cabeça. O aposento é iluminado de imediato por fileiras de luzes fluorescentes presas ao teto baixo. Não há mobília nenhuma. Há apenas um pedaço de pedra em um pedestal no meio do aposento com correntes e grilhões presos em cada um dos lados. Há nove zumbis mortos no chão e dezenove ainda vivos, a maioria protegendo os olhos contra a inesperada luz brilhante. Você aproveita a chance e começa a disparar. Se vencer, vá para **298**.

⚅ ⚅

196

Você mira com cuidado na fechadura e puxa o gatilho da sua arma. A explosão que segue é ao mesmo tempo ensurdecedora e inesperada. Ela é seguida por várias outras explosões quando dúzias de balas e cartuchos de escopeta são disparados. A bala que você disparou atingiu um cilindro de gás dentro do baú, que por sua vez disparou as balas e cartuchos que também estavam guardados lá dentro. Balas voam para todos os lados. Várias o atingem na cabeça e peito com resultados fatais. Sua aventura acaba aqui.

197

A garota grita para você se afastar ou ela vai atirar. Se quiser gritar o nome Amy, vá para **312**. Se quiser gritar o nome Amelia, vá para **38**. Se tiver uma motosserra e quiser cortar a porta, vá para **203**.

198
O corredor vira à esquerda mais uma vez e você chega a uma escadaria ampla e acarpetada na direita, que conduz para cima. O corredor continua depois da escadaria. Você de repente ouve um barulho vindo do topo da escadaria e se prepara para se defender. Vá para **148**.

199
Você pega a polia e a encaixa na tirolesa, amarrando um pequeno pedaço de corda nela, no qual você se pendura. Você senta na beirada do prédio e se joga, voando enquanto os zumbis observam lá de baixo, gritando para você. A tirolesa cede um pouco com o seu peso, diminuindo sua velocidade mais ou menos na metade do caminho. Por sorte, o impulso o mantém em movimento e você alcança o telhado da ala leste. Você se agarra na escada de metal e desce para a varanda o mais rápido que pode. Ao mesmo tempo, dez dos zumbis no pátio começam a subir pela escada. Eles alcançam a varanda no primeiro andar ao mesmo tempo que você, e você precisa enfrentá-los. Se vencer, vá para **280**.

200
Você tira o pino e arremessa a granada no corredor, bem no caminho dos zumbis. Você se abaixa no chão perto de Boris enquanto ela explode. Estilhaços e destroços voam pelo corredor, afundando no grupo de zumbis. Reduza seu número em 2d6+1. Se tiver outra granada, você pode ter tempo de usá-la

enquanto o caos e a confusão durarem. Vá para **108**.
Se preferir usar uma arma diferente, vá para **17**.

201

O laptop faz os sons familiares enquanto inicia e então pede um login. Se souber o login de Yurr, vá para **358**. Caso contrário, vá para **158**.

202

Você passa por um colchão velho de pé, encostado na parede da direita. Ele parece ter sido abandonado no corredor há muito tempo. Molas quebradas projetam-se para fora de sua cobertura suja e rasgada. Se quiser dar uma olhada atrás do colchão, vá para **141**. Se preferir continuar caminhando, vá para **385**.

203

Você puxa a corda e o motor da motosserra ganha vida, fazendo barulho. Você maneja a corrente giratória de lâminas pequenas contra a porta de madeira, cortando um buraco redondo no painel de carvalho como uma faca na manteiga. Mas a garota que você está tentando ajudar está histérica, acreditando que você é um zumbi. Ela tem uma pistola e começa a atirar aleatoriamente na porta, acreditando erroneamente que você está tentando matá-la. Role um dado. Se o resultado ficar entre 1 e 3, vá para **154**. Se ficar entre 4 e 6, vá para **366**.

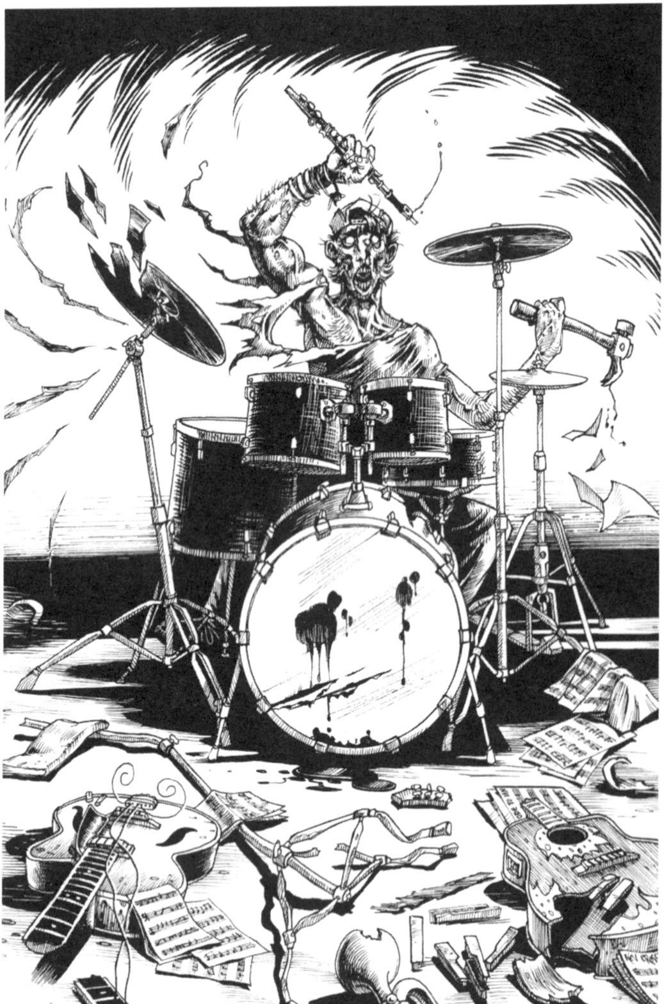

204

Você abre a porta lentamente, procurando quem está tocando bateria tão mal. O aposento está uma ruína. Há guitarras em pedaços com os braços quebrados, um trombone dividido em dois, um saxofone achatado e um piano de lado, com todas as teclas arrancadas e espalhadas pelo chão. Entre a pilha de instrumentos quebrados e partituras rasgadas, você vê um zumbi sentado em um banco, batendo em uma bateria com uma flauta e um martelo em vez de baquetas. O zumbi parece estar em transe, seus olhos inexpressivos olhando diretamente para você, alheios a tudo. De repente, a pele do tambor se rasga com a força do martelo batendo nela. Isso deixa o zumbi muito irritado, e ele grita alto. Arrancado de seu transe, ele o vê e joga o martelo de imediato na sua direção. Role um dado. Se o resultado for de 1 a 3, vá para **75**. Se for de 4 a 6, vá para **237**.

205

Você é pego pela rajada de balas. Duas o atingem, uma delas causando um ferimento fatal. Sua aventura acaba aqui.

206

O livro é um trabalho de referência ilustrada sobre zumbis, e traz descrições muito detalhadas de seus hábitos e história. O livro afirma que os zumbis foram criados por xamãs no Caribe. Em uma ilhazinha, a população zumbi cresceu descontroladamente e teve de ser caçada e destruída. Mas, antes que os corpos fossem queimados, sangue de zumbis mortos foi levado por mercadores sem escrúpulos. Eles o venderam a megalomaníacos malignos que queriam fazer experimentos transformando humanos em zumbis. Qualquer humano que tenha contato de sangue com um zumbi se transformará em um deles. O livro faz um aviso sério, exigindo muito cuidado para se lidar com sangue de zumbi. Você faz uma anotação mental deste conselho antes de decidir o que fazer a seguir. Se quiser mexer no interruptor de bronze, vá para **324**. Se quiser deixar a biblioteca e continuar caminhando, vá para **160**.

207

Você acelera pelo corredor da ala norte, passa uma porta no meio dele, avança para as escadas pelas quais você emergiu não muito tempo atrás, ao deixar o subsolo. Você está tentado a descer as escadas e acabar com os zumbis no subsolo, mas decide esperar até ter ajudado Amy a fugir do castelo. Você vira à esquerda no final do corredor rumo à ala oeste, correndo o caminho todo até o fim antes de virar à esquerda de novo para a ala sul, chegando na porta à direita com a placa de "Estoque". Vinte metros adiante, o corredor termina em uma porta com painéis de vidro que leva para a entrada principal do castelo. Se quiser entrar no estoque, vá para **283**. Se quiser ir até a porta adiante, vá para **14**.

208

Algumas das malas contêm roupas velhas e sapatos que parecem ser do seu tamanho, caso queira usá-los. Outra contém um velho taco de críquete e algumas bolas mofadas desse jogo. Ainda outra mala na prateleira de baixo está cheia de soldadinhos de plástico, tanques para montar e cenários. As figuras foram belamente pintadas à mão, mas estão empoeiradas e esquecidas por quem quer que tenha jogado jogos de estratégia com elas. A última mala que você abre contém algo mais imediatamente útil para você. É um kit médico. Quando usá-lo, você recuperará 4 pontos de ENERGIA. Você pega o kit médico e fecha a porta do armário. Se ainda não tiver feito isso, você pode abrir a porta em frente — vá para **246**. Se preferir caminhar até o fim do corredor, vá para **81**.

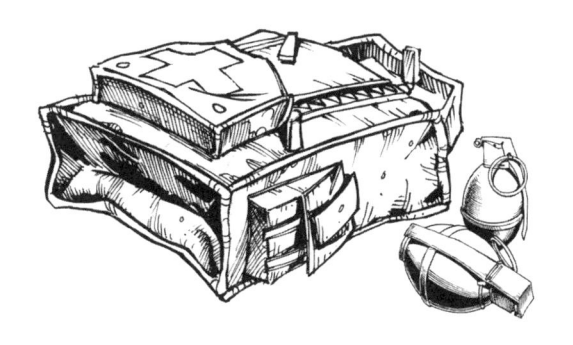

209

Você puxa o pino e arremessa a granada no caminho dos zumbis. Antes que ela exploda, você salta de volta para o laboratório e fecha a porta de ferro, escondendo-se atrás dela. Há uma explosão enorme alguns segundos depois, e você ouve os zumbis gemendo mais alto do que nunca. Diminua seu número em 2d6+1. Aproveitando o momento, você abre a porta para enfrentar os zumbis restantes. Se vencer, vá para **298**.

210

Há uma maçaneta na tampa do alçapão e você a ergue com facilidade. Você é engolfado de imediato por um fedor horrível, tão ruim que o faz vomitar. É o fedor de esgoto sem tratamento. Há um poço estreito e vertical que leva para baixo, rumo ao esgoto aberto no túnel abaixo. Há anéis de ferro presos na parede por todo o caminho do poço. Você joga uma pedra e ouve um "plop" na água do esgoto abaixo. Se quiser descer pelo poço, vá para **379**. Se preferir fechar a porta do alçapão e continuar pelo corredor, vá para **337**.

211

É difícil escalar o cano condutor. Gingrich Yurr tem tempo de sobra para mirar, e não erra o alvo uma segunda vez. O tiro ressoa e a escuridão o engolfa. Você larga o cano e cai de cabeça rumo aos zumbis abaixo. Sua aventura acaba aqui.

212

Você sabe o nome da garota? Se quiser gritar o nome Amy, vá para **312**. Se quiser gritar Amelia, vá para **38**. Se quiser gritar Amanda, vá para **197**.

213

O baú não está trancado. Você ergue a tampa e encontra três caixas de balas, três caixas de cartuchos de escopeta, uma garrafa de plástico vazia e US$ 15. Você pode levar o que quiser e deixa o quarto para trás, partindo pelo corredor. Vá para **388**.

214

Os cientistas são pegos completamente de surpresa quando você atravessa as portas com sua arma apontada para eles. Eles erguem as mãos de imediato no ar, se rendendo. Você ordena que eles atravessem as portas vai e vem e entrem na primeira cela depois do elevador. Quando você passa o elevador, o cientista com a cabeça raspada derruba sua prancheta, fingindo se tratar de um acidente. Quando ele se curva para pegá-la, ele de repente salta e tenta injetar você com sangue infectado em uma seringa. Role um dado. Se o resultado for de 1 a 3, vá para **353**. Se for de 4 a 6, vá para **27**.

215

Você dá uma olhada no corredor para avaliar a carnificina antes de se ajoelhar para ajudar Boris, que está caído de bruços, gemendo de dor. Você vê que ele está seriamente ferido. Você o vira e vê sangue correndo do canto de sua boca. Ele agarra seus braços, apertando-os com força. "Estranho, é tudo com você, agora", ele sussurra lentamente, tossindo. "Otto está morto. Gregor está morto. A ascensão dos zumbis começou. Você precisa deter Gingrich Yurr. Você tem que matar todos os zumbis. Você tem que matar eles todos!" Boris espira lentamente enquanto seus olhos se fecham. O aperto dele enfraquece e ele cai para trás, sua cabeça pendendo para o lado. Não parece haver nada que você possa fazer por ele. Você se põe de pé e desce o corredor, abrindo caminho entre a pilha de corpos de zumbis. Vá para 7.

216

Você cai por um alçapão, aterrissando dolorosamente no chão abaixo. Suas pernas estão quebradas em vários lugares, e você desmaia de dor. Quando acorda, você não consegue acreditar em seus olhos. Você está em um aposento amplo, sem janelas, iluminado por luzes fluorescentes no teto. Você está acorrentado a um pedaço de pedra lisa e cercado por zumbis que ficam muito animados quando você abre os olhos. Eles se aproximam para observar um homem alto, magro e de óculos, vestindo um longo jaleco de laboratório e luvas de borracha injetar sangue de zumbi no seu pescoço. O cientista sorri e diz que você está para se tornar o mais recente membro do exército de zumbis de Gingrich Yurr. Sua aventura acaba aqui.

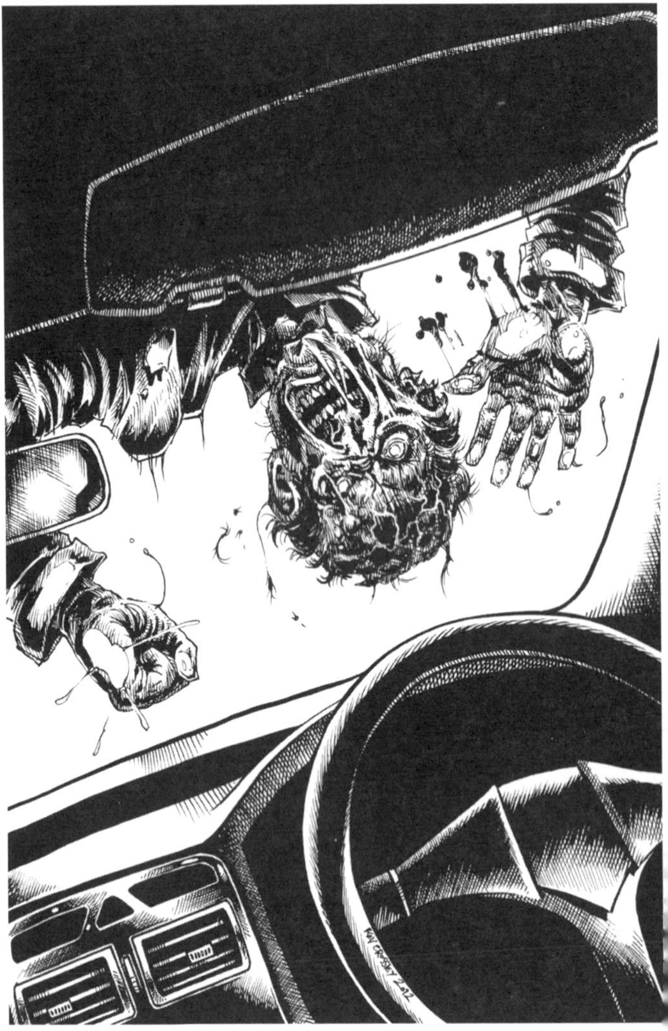

217

Você procura em seus bolsos e encontra as chaves que estava procurando. Você abre a porta da van, salta para o banco do motorista e coloca a chave na ignição. O motor ronca pelo que parecem eras antes de finalmente pegar, e arrota uma fumaça grossa pelo cano de descarga. Você engata a marcha e pisa no acelerador. A van avança para o pátio com o motor falhando. Há uma batida alta de repente, causada por algo no teto da cabine. Um rosto horrível aparece de cabeça para baixo na sua frente, contra o para-brisa. Um único zumbi pulou de uma janela no primeiro andar em cima da garagem para o teto da van. Ele começa a bater no para-brisa. Você aponta sua arma para cima e atira pelo teto. O zumbi guincha de dor, rola pelo teto e cai no chão. Pelo retrovisor, você vê ele tentando se colocar de pé. Você para a van e sai dela, deixando o motor ligado. O zumbi ensanguentado cambaleia na sua direção com os braços esticados, dizendo a palavra "inimigo" em uma voz baixinha. Você atira de novo e o vê desabar de bruços, desta vez para não levantar mais. Você se aproxima do corpo com cuidado e lentamente o vira com o pé. Sua jaqueta se abre e você vê o nome Higson costurado no bolso do peito. Ainda alerta, você perscruta a área, mas não vê mais zumbis e então salta de novo para a van e dirige até os portões principais, arrombando o cadeado com sua arma. Você joga a arma pela janela e atropela os portões com o pé fundo no acelerador. Você acelera pela floresta por uns dez minutos até ver uma loira de camiseta e calça jeans, que reconhece de imediato como Amy. Você buzina e a vê se virar e abanar os braços freneticamente, saltando animada. "Belo carro", ela diz, rindo. Você fica aliviado por ver que ela está em segurança e diz para ela entrar. Você então parte, reprovando-a por caminhar bem ao lado da via. Ela ignora o sermão abanando a mão, pois tudo que quer ouvir é um relato de suas batalhas com Gingrich Yurr e seu exército de zumbis. Vá para **400**.

218
Se em algum momento você precisou de um kit médico, é agora. Você faz o que pode para enfaixar seus ferimentos, mas seu estado é preocupante. Pelo menos ainda está vivo. O zumbi não teve tanta sorte. Ele jaz imóvel no chão de pedra, em pedaços. Você não perde tempo e apressa-se pelo corredor antes de parar do lado de fora de uma porta na parede da esquerda. Você ouve, através da porta, latidos altos vindo do outro lado. Se quiser abrir a porta, vá para **26**. Se preferir apertar o passo, vá para **276**.

219
Alguém está atirando em você por uma janela pequena e em forma de guichê atrás de você. É um dos capangas de Yurr. A essa pouca distância é difícil errá-lo com uma metralhadora. Duas das balas o atingem nas costas com resultado fatal. Amy grita histérica quando você desaba no chão. Ela tenta

revivê-lo com um kit médico, mas já é tarde demais. Sua aventura acaba aqui.

220

Você continua pelo corredor, vira à esquerda no final dele, e logo chega a uma bifurcação. À sua esquerda há outro corredor que leva de volta, na direção de onde você veio. Diretamente em frente o corredor continua reto antes de fazer uma curva fechada para a esquerda. À sua direita há uma escadaria larga e acarpetada, desta vez conduzindo para baixo. Há muitos gritos e batidas vindo do fundo da escadaria. Você decide investigar, com a arma em punho e pronto para o combate. Vá para **176**.

221

O quarto é grande e luxuosamente decorado, com um papel de parede com padrão escarlate. A cama enorme é feita de carvalho escuro, as colunas nos cantos ornadas com esculturas na forma de serpentes enroladas. As duas mesas de cabeceira, também feitos de carvalho, têm abajures modernos com quebra-luz laranja. O aposento é um tesouro repleto de antiguidades luxuosas: uma penteadeira, cadeiras, guarda-roupa, escrivaninha com topo em couro, vaso de plantas, um espelho giratório de corpo inteiro, uma bela cômoda do século 18 e vários bibelôs de porcelana dispostas sobre a lareira de mármore. Você dá uma olhada pela janela no pátio lá embaixo, e vê muitos zumbis reunidos, parecendo irritados e confusos. Gingrich Yurr não está em lugar nenhum. Há a porta principal do quarto na parede à esquerda da cama e portas vai e vem duplas na parede à direita. Se quiser revistar o aposento, vá para **137**. Se quiser atravessar as portas vai e vem, vá para **76**. Se quiser abrir a porta do quarto, vá para **183**.

222

Você entra em um banheiro pequeno. Nada chama sua atenção além de um armário pequeno com um espelho na porta preso na parede acima da pia. Você o abre e fica satisfeito de encontrar bandagens e um kit médico que somará 4 pontos de ENERGIA quando usado. Você volta ao quarto e nota que a gaveta da mesa de cabeceira está um pouco aberta. Sua curiosidade toma conta e você abre a gaveta ainda mais, encontrando uma pistola carregada (1d6+2), uma bolsa vazia, algumas cartas, uma caneta e um diário. As cartas estão todas endereçadas a uma jovem chamada Amy Fletcher. Elas foram escritas por sua Tia Helen, cujo endereço é de Nova York. As cartas mais antigas desaprovam a decisão de Amy de trabalhar como cozinheira para um homem de caráter questionável em um castelo em uma parte remota da Romênia. Ela pergunta se Amy está sendo bem cuidada, e quando ela vai voltar a Nova York. As cartas mais novas imploram que ela volte para casa. À medida que os meses passam, a comunicação fica mais nervosa; Tia Helen diz que está "doente de tão preocupada" com as coisas que Amy tem descrito, como ela ter visto "homens em jalecos brancos" e Gingrich Yurr agindo "de forma totalmente estranha" e que ela ouviu "gritos horríveis" vindo do subsolo. Você larga as cartas e está para pegar o diário quando de repente ouve um barulho vido do lado de fora. É o som de passos descendo o corredor. Se quiser investigar, vá para **303**. Se quiser fechar a porta do quarto e trancá-la, vá para **258**.

223

Você passa uma mesa de mogno ornada sobre a qual fica um vaso grande, com padrões entalhados e dois pequenos bibelôs de porcelana. O vaso tem uma pintura impressionante com duas flores azuis trançadas. Você olha dentro, mas ele está vazio. Há um pequeno gaveteiro no fim da mesa. Você o abre e encontra uma fita métrica, um par de óculos de leitura, um dicionário inglês-romeno de bolso e uma calculadora. Você pega o que quiser e segue adiante. O corredor faz uma curva fechada à direita e você logo chega a uma porta na parede da direita que tem uma placa pintada à mão com a palavra "Faxineiros". Se quiser abrir a porta, vá para **89**. Se preferir continuar caminhando, vá para **311**.

224

Você salta da varanda, caindo dolorosamente, mas sem se ferir, na pilha de corpos, que suaviza sua queda. Há uma explosão enorme acima quando o tiro de bazuca faz a varanda em pedaços. Você rola para evitar ser atingido pelos destroços. Você se põe de pé, atravessa o pátio correndo e cruza as portas para dentro da ala norte antes de Gingrich Yurr ter tempo de disparar mais uma vez. O silêncio é sepulcral no corredor, mas você sabe que Gingrich Yurr, em seu estado zumbi, vai tentar caçá-lo. Você de repente lembra horrorizado que sua mochila ficou na varanda. Tudo que estava dentro se perdeu. Tudo que você tem agora para destruir Yurr e os zumbis restantes são sua pistola e quaisquer itens pequenos que estavam nos seus bolsos. Você precisa decidir qual ala do castelo investigar primeiro. Se quiser começar pela ala norte, onde você se encontra agora, vá para **132**. Se quiser começar pela ala oeste, vá para **48**. Se quiser investigar a ala sul, vá para **236**. Se quiser investigar a ala leste, vá para **16**.

225

Na manhã seguinte, Amy acorda com o canto de pássaros. O sol brilha e tudo está tranquilo na pitoresca aldeia de Melis. Ela abre as cortinas e olha para a praça. As pessoas estão arrumando seus estandes, sem saber que você evitou o apocalipse zumbi. Você, no entanto, não dormiu tão bem em seu pequeno quarto no sótão. A noite toda você pensou sobre os eventos do dia anterior, repassando tudo em sua mente de novo e de novo. Você está certo de que checou todos os aposentos, mas algo ainda o está incomodando. De repente, você lembra — você esqueceu a lixeira no pátio! Você não olhou embaixo da tampa. Felizmente, você logo descarta esse pensamento como paranoia. Você desce para tomar café da manhã com Amy. Ela fala animada sobre voar de volta para Nova York e vocês discutem sobre quanto tempo a polícia vai exigir que vocês fiquem em Melis. Acaba não sendo muito. Políticos locais intervêm e, no final da manhã, a polícia diz a vocês que eles não acreditam em sua história. Sem querer assustar turistas com rumores ridículos sobre zumbis, eles decidiram não levar a cabo uma investigação, e conseguiram um táxi para levá-los até a estação de trem — agora mesmo. Apesar de seus protestos, vocês são mandados embora. No dia seguinte, Amy voa para Nova York. De volta à Inglaterra, você volta à sua vida normal na universidade. Você acaba se formando com as melhores notas já obtidas em um trabalho de conclusão.

226

Quando alcança a bifurcação, você olha à esquerda e vê que o corredor termina uns vinte metros depois, em uma porta. Olhando para a direita, você vê que o outro lado do corredor também termina em uma porta naquela direção. O baú de carvalho é uma antiguidade e a tranca parece frágil. Se quiser tomar o corredor à esquerda para abrir a porta, vá para **30**. Se quiser tomar o corredor à direita e abrir a outra porta, vá para **119**. Se quiser abrir a tranca do baú, vá para **133**.

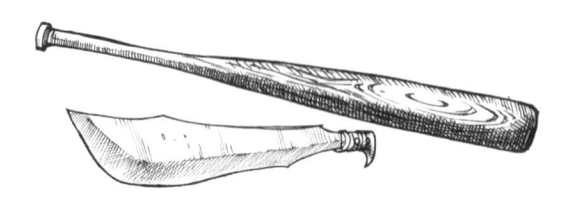

227

O castelo logo fica para trás. Vocês caminham em silêncio, ambos absortos em seus próprios pensamentos sobre os eventos terríveis do dia. Mas não demora para que vocês dois se animem, quando percebem como são sortudos por terem escapado. Vocês ganham ritmo e apertam o passo, conversando mais uma vez, na esperança de alcançar uma aldeia antes de anoitecer. Vá para **400**.

228

Você recebe toda a força da explosão no peito. Não há como sobreviver a uma explosão dessas. Sua aventura acaba aqui.

229

Depois que você entrega o dinheiro a Boris, ele diz que Gingrich Yurr é um louco megalomaníaco que deseja dominar o mundo. Em sua mente distorcida, ele acredita que a única forma de fazer isso é liderar um exército de zumbis para a conquista da humanidade. Yurr despreza todos os humanos, tolerando apenas seus cientistas e uns poucos servos, mas apenas por mera necessidade. Os cientistas estão ajudando com seu plano maligno. Eles fizeram experimentos por anos no laboratório subterrâneo, desenvolvendo um gene humano mutante. Eles descobriram que podiam transformar pessoas fracas em zumbis irracional injetando-as com sangue contaminado com esse gene. No último ano, os capangas de Yurr têm sequestrado centenas de vítimas, as quais trancaram e deixaram passar fome até que estivessem fracas o suficiente para serem transformadas. Os zumbis são mantidos no subsolo em semiescuridão, presos nos porões enormes. Eles permitem que alguns vaguem pelo castelo para a diversão de Yurr. Ele gosta de observá-los ficando loucos de raiva, clamando por sangue. Boris está certo de que um dia Yurr injetará a si mesmo com sangue contaminado, para liderar seu exército de zumbis contra o mundo.

"Não acho que seja surpresa que gostaríamos de partir antes desse dia chegar", diz Boris, carrancudo. "Juntamos um bom dinheiro aqui, mas não nos deixam ir embora, então tudo isso não tem muito objetivo, pra dizer a verdade. Gregor e eu esperamos subornar um dos cientistas para nos tirar deste inferno assim que possível. Vai ser o Dia do Juízo Final quando Yurr liberar seus zumbis no mundo. No entanto, será que você pode detê-lo? É um feito monumental, mas não impossível. Você terá de matar os zumbis, cada um deles. Você tem de matar todos. Se não matar todos, estaremos perdidos. E você também."

As palavras desesperadas de Boris ecoam na sua mente. O que ele acabou de dizer sobre Yurr parece loucura, mas será que é verdade? Será que foram zumbis que bateram em você no pátio, quando você chegou? Será que ironicamente você encontrou as bestas mitológicas que passou tanto tempo procurando? Ou será que elas é que estão para encontrar você? Você sorri para Boris e diz que não tem nada a perder, então você vai fazê-lo — ou morrer tentando. Ambos os homens comemoram e lhe dão um grande tapa nas costas em gratidão.

"Alguns conselhos antes de você começar a matar zumbis, estranho", diz Boris, olhando para seus pulsos. "Certifique-se de que suas feridas abertas não peguem sangue de zumbi ou você também será infectado. O vírus é altamente contagioso." Se quiser perguntar a Boris se há algo no estoque que você poderia usar, vá para **329**. Se preferir agradecer pelo conselho, despedir-se e caminhar de imediato para a porta na parede do fundo, vá para **157**.

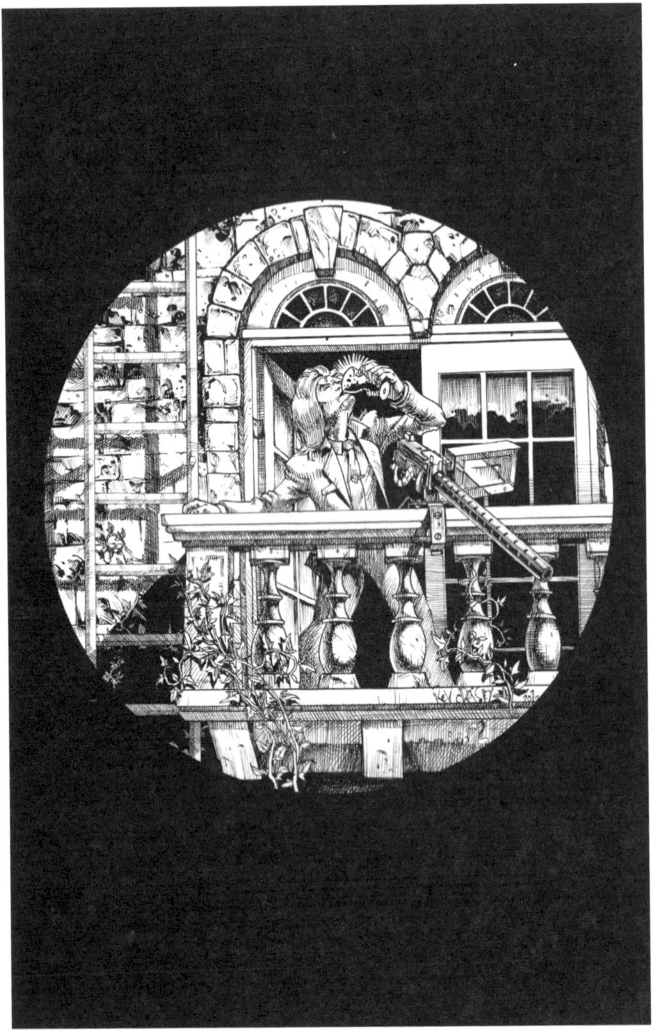

230

Abaixando-se para evitar ser visto pelos zumbis no pátio, você desce o corredor na ponta dos pés para alcançar o telescópio. Apontando-o para a sacada no primeiro andar da ala leste, você olha pela lente, focando na metralhadora montada no parapeito. Você reconhece a Browning calibre .30, uma arma rápida e insanamente poderosa que dispara balas a partir de uma cinta. Se pelo menos você conseguisse botar suas mãos nela... As janelas na sacada de repente abrem. A figura de Gingrich Yurr emerge e se aproxima do parapeito. Portando uma seringa cheia de sangue em uma das mãos e uma taça na outra, ele grita loucamente para seus zumbis abaixo. Todos eles olham para cima. Yurr então para de gritar. Ele fica parado e em silêncio por alguns instantes, então injeta a si mesmo no pescoço com a seringa e bebe a taça de sangue. Seus piores temores se tornam realidade quando Yurr começa a se transformar em zumbi. Sua pele fica cinza e se rompe em feridas e bolhas. Seus olhos ficam brancos como leite, afundando nas órbitas. Seus lábios se rasgam e começam a sangrar. Ele esmaga a taça na mão, cortando os dedos seriamente, mas não parece se importar enquanto berra para o céu. Não mais um humano, ele está possuído, cuspindo sangue quando urge seus companheiros mortos-vivos para destruir o mundo. Com os gritos ensurdecedores dos zumbis em seus ouvidos, você acelera para escapar descendo as escadas. Vá para 57.

231

Você cai de mau jeito no chão do corredor e torce o tornozelo. Perca 1 ponto de ENERGIA. O enorme zumbi que o atacou jaz imóvel nas proximidades, mais um para a pilha de corpos. Algumas das malas e das caixas de armazenamento também caíram com você. Se quiser investigá-las, vá para **336**. Se preferir caminhar até o elevador no fim do corredor, vá para **367**.

232

Você consegue sobreviver de alguma forma à chacina dos zumbis e aproxima-se dos corpos contorcendo-se para dar uma olhada dentro da cela. Um dos zumbis caídos tem um frasco de prata projetando-se para fora do bolso do peito de sua camisa manchada de sangue. Você pega o frasco e o agita. Há um líquido dentro. Você destampa o frasco e o cheira. Tem um cheiro estranho que o lembra de amêndoas amargas. Se quiser experimentar o líquido, vá para **376**. Se preferir derramar todo o líquido no chão, vá para **56**.

233

Você olha pela janela do quarto e vê o pátio mais ou menos vinte metros abaixo. Parece muito difícil que você consiga saltar essa distância sem se machucar de maneira fatal. Se ainda quiser tentar, vá para **87**. Se preferir ficar onde está, vá para **327**.

234

As portas foram explodidas, prendendo o elevador contra a parede do poço e impedindo-o de se mover. Você consegue ouvir o motor do elevador zumbindo alto, tentando descê-lo. Um buraco também foi aberto pela explosão no chão do elevador, e ele parece grande o suficiente para você se espremer por ele. Você dá uma olhada na escuridão e estima que a queda deve ter uns cinco metros. Se quiser descer pelo cabo do elevador, vá para **80**. Se quiser pular até o chão, vá para **343**.

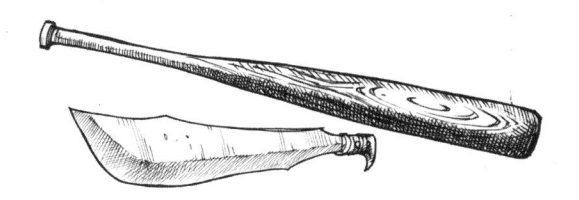

235

Despachar os dois zumbis foi fácil, mas você sabe que, se não encontrar uma arma, não terá chance contra uma horda deles. Você passa por cima dos corpos para olhar no armário. Dentro, encontra uma caixa de metal com uma cruz verde na tampa. É um kit médico, que somará 4 pontos de Energia quando você decidir usá-lo. Também há duas caixas de papelão com projéteis. Pelo menos agora você tem munição, mesmo que não tenha uma arma. Não há outra saída do aposento, então você sai pelo mesmo caminho pelo qual entrou. Vá para **265**.

236

Você corre sem fazer barulho pelos corredores, com arma em punho, até alcançar a ala sul. Você procura em todos os quartos, mas não encontra Gingrich Yurr. Em um dos quartos você encontra um armário que consegue arrombar com uma chave de fenda que encontra no chão. Dentro, você encontra uma escopeta de cano serrado (1d6+4) e uma caixa de cartuchos. Você de repente ouve o som de um motor de carro ligando. Você olha pela janela e vê que as portas da garagem na ala leste estão abertas. Com a arma em punho, você corre para o pátio e se dirige para a garagem. Vá para **369**.

237

O martelo gira pelo ar e bate contra a porta, errando sua cabeça por pouco. Vá para **399**.

238

Vocês entram em um gabinete luxuoso que tem no centro uma enorme escrivaninha de nogueira e uma cadeira de espaldar alto de couro negro. Há um laptop e um telefone em cima da escrivaninha. Há uma estante de livros cobrindo uma parede e desenhos detalhados de criaturas mitológicas cobrindo todo o espaço disponível nas outras paredes. Há desenhos de lobisomens, vampiros, demônios, carniçais, fantasmas, espectros e outros horríveis mortos-vivos diabólicos, alguns dos quais você nem mesmo reconhece, o que o surpreende, porque você é um especialista. No entanto, o lugar de destaque pertence aos zumbis, que têm uma parede só para si, com centenas de fotos grotescas do castelo presas a ela. Amy diz para você parar de olhar para os zumbis e voltar a trabalhar no plano de fuga. Se quiser usar o telefone, vá para **323**. Se quiser ligar o laptop, vá para **201**.

239

Uma busca rápida no armário revela uma muda de roupas e um jaleco de cientista, que você guarda na mochila. Você também encontra US$ 3 e uma lupa em um gaveteiro, que decide guardar. Se quiser ir até as portas vai e vem, vá para **76**. Se preferir abrir a porta do quarto, vá para **183**.

240

O mezanino aonde chega é acarpetado e as paredes têm um papel de parede com padrão trabalhado e brilhante. Há algumas pinturas de natureza morta e espelhos nas paredes, mas nada de valor para você. Você caminha até chegar a uma esquina onde o corredor faz uma curva fechada para a esquerda. Ao fazer a curva você vê uma porta branca na parede da direita uns vinte metros adiante. Você caminha até ela e vê uma placa pintada nela com letras vermelhas que diz "Ginásio". Se quiser abrir a porta, vá para **342**. Se preferir continuar caminhando, vá para **12**.

241

Sem nada para protegê-lo da explosão, a força da granada é fatal no espaço confinado do elevador. Sua aventura acaba aqui.

242

Você aperta o gatilho e dispara. A essa curta distância, é impossível errar. O zumbi desaba para trás, caindo de cabeça na escada. De repente há uma explosão enorme lá embaixo, quando a dinamite é detonada. A onda de choque da explosão o derruba e você bate a cabeça no sino. Perca 2 pontos de Energia. Fumaça sobe lá de baixo, mas pelo menos a torre do relógio ainda está de pé. A escadaria está bloqueada pelos destroços e você não tem escolha a não ser fugir pelo topo da torre. Você pega um tijolo do chão e o arremessa na face do relógio.

Ela se despedaça com o impacto, fazendo chover milhares de estilhaços de vidro até um telhado uns doze metros abaixo. Se tiver corda e um arpéu, vá para **150**. Se não tiver nenhuma corda, vá para **99**.

243

Você começa a atirar no cadeado das portas duplas enquanto a horda de zumbis se aproxima. Mas a tranca é feita de aço grosso e as balas simplesmente ricocheteiam nela. Você logo está coberto de sangue de zumbi e infectado. É uma questão de minutos até você também se tornar um zumbi, perseguindo a pobre Amy, que corre gritando horrorizada. Sua aventura acaba aqui.

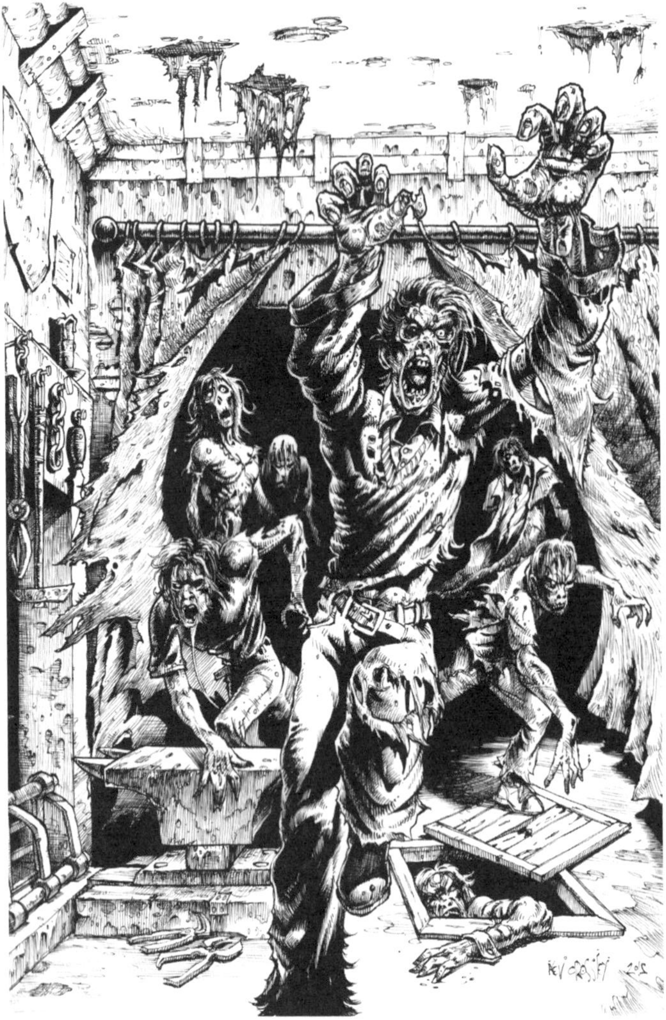

244

Enquanto você avança centímetro a centímetro pela estreita passagem, você vê um brilho de luz na distância. Você também nota um cheiro muito ruim no ar, parecido com ovos podres. Você continua avançando tão silenciosamente quanto possível. Você finalmente chega ao fim da passagem e vê que ela leva para o que parece uma antiga oficina. Há um forno sem uso na parede da esquerda com uma bigorna na frente dela. Um longo balcão de trabalho fica contra a parede da direita, com uma torno de bancada presa a ele e com ferramentas velhas e quebradas em cima. Uma cortina de plástico rachada cobre a parede do fundo. Quando você entra no aposento, a cortina de repente se abre por humanos semimortos vestindo roupas em farrapos que avançam para você, tentando rasgá-lo com as unhas compridas e quebradas de suas mãos esticadas. Sua pele é cinza e coberta de feridas e bolhas abertas. Eles têm cabelos longos e desgrenhados, com dentes faltando em suas bocas enegrecidas. Línguas inchadas ainda enchem suas bocas abertas, e seus olhos são vazios, injetados de sangue e fundos nas órbitas. Eles guincham e gorgolejam em expectativa enquanto avançam para você. São zumbis, oito deles no total! Você deve enfrentá-los com as mãos nuas ou com uma arma, caso tenha uma. Se vencer, vá para **395**.

245

Você tenta abrir a porta que a garota atravessou, mas ela está trancada. Você bate na porta, mas a garota berra histericamente, gritando para você ir embora. Você diz a ela que pode ajudá-la a fugir, mas ela continua gritando a plenos pulmões. Se quiser chamar o nome dela, vá para 212. Se preferir sair para o pátio, vá para 348.

246

A porta é de um armário grande que está cheio de caixas de papelão empilhadas. Se quiser abri-las, vá para 34. Se ainda não tiver feito isso e quiser abrir a porta do outro lado, vá para 281. Se preferir caminhar até o fim do corredor, vá para 81.

247

Você ouve o motor do carro rugir alto dentro da garagem. Você olha pela porta e vê Gingrich Yurr sentado no banco do motorista de seu Austin Healey, colocando-o em movimento. Há uma velha van de entregas empoeirada estacionada ao lado do Austin Healey. Assim tão perto de Yurr, você vê o quão horrível ele realmente é, sua maldade inata tornada ainda mais óbvia pelos olhos e pela pele aberta de zumbi. Ele de repente o vê e faz o motor girar com ainda mais força, mas parece confuso quando tenta engatar uma marcha. Devido à sua transformação, ele quase esqueceu de como dirigir e sua frustração logo se transforma em raiva. Ele puxa e empurra o câmbio com força até o carro avançar bruscamente, forçando você a saltar para o lado para evitar ser atropelado. Ele dirige para fora da garagem em alta velocidade, fazendo curvas sem muito controle no pátio, tentando atropelá-lo. Se quiser correr para as portas abertas na ala norte, vá para **11**. Se quiser virar e atirar em Yurr, vá para **144**.

248

O corredor faz uma curva fechada para a esquerda mais uma vez. Você faz a curva e caminha até uma porta no fim do corredor. Você de repente ouve o som de cães latindo alto atrás de você. Uma enorme matilha de cães de ataque de aparência cruel faz a curva, com os olhos selvagens e babando. Os animais agressivos de pelo lustroso correm a toda velocidade. Você decide correr para a porta. Se estiver usando uma armadura, vá para **39**. Caso contrário, vá para **326**.

249

Você vira e corre, atirando com sua arma na janela da qual o cano do rifle se projeta. Yurr recua por tempo suficiente para você correr de volta pelas portas duplas, trancando-as para manter os zumbis do lado de fora. Você coloca o ouvido na porta do outro lado e constata que a garota continua a gritar incontrolavelmente. Você decide ajudá-la, e chama seu nome. Vá para **212**.

250

A escada frágil conduz para o andar térreo do castelo. Você fica aliviado de estar de volta à luz do sol depois de ficar preso por tantos dias na escuridão quase total. Seus olhos lacrimejam enquanto se ajustam ao brilho dos raios de sol que entram por uma janela no alto da parede do outro lado das escadas. Há vários retratos de tamanho real nas paredes, que têm um padrão brilhante. Um tapete vermelho-vivo corta o centro do corredor de pedra dos dois lados das escadas. Se quiser investigar as pinturas, vá para 354. Se quiser ir para a esquerda no corredor, vá para 223. Se quiser ir para a direita no corredor, vá para 113.

251

A porta dá para um laboratório bastante iluminado com mesas de trabalho de aço inoxidável cobertas de microscópios, garrafas, jarros, pipetas, termômetros, balanças e tanques de vidro contendo líquidos borbulhantes. Armários de vidro cobrem as paredes e, dentro de um deles, há três jarros contendo um líquido vermelho, provavelmente sangue contaminado com o vírus zumbi. No fundo do laboratório há um armário de laminado preto com portas de correr. Há outra porta de ferro à esquerda no fundo do laboratório, que está trancada com um cadeado. Se quiser quebrar os jarros contendo o líquido vermelho, vá para 90. Se quiser abrir a porta de ferro, vá para 320.

252

Ao fazer a curva, você logo chega a uma bifurcação. À direita há outro corredor que leva na direção da qual você veio. Diretamente à frente, o corredor continua reto antes de fazer uma curva fechada para a direita. À sua esquerda há uma escadaria ampla e acarpetada, que desce. Há várias batidas e gritos vindo das escadas. Você decide investigar, com a arma em punho e pronto para o combate. Vá para **176**.

253

Um dos zumbis ergue o braço para pegar a granada enquanto ela passa voando. Mas ele erra e não agarra nada além de ar. Segundos depois a granada explode entre o grupo fechado de zumbis, que recebem o impacto inteiro da explosão, e muitos deles são feitos em pedaços. Reduza seu número em 2d6+1. Você salta para enfrentar os que sobraram com sua arma. Vá para **17**.

254

Você decide enfiar a cabeça pelo buraco na porta para mostrar que não é um zumbi. Enquanto você faz isso, um homem alto cuja cabeça é anormalmente grande desce o corredor furtivamente na sua direção, armado com um rifle. Gingrich Yurr olha para você com a cabeça enfiada na porta e ri baixinho para si mesmo. Ele começa a disparar e não para até ficar sem munição. Sua aventura acaba aqui.

255

Quando se aproxima da porta, um cheiro forte de comida cozida toma suas narinas e desperta sua fome. Consumido pela ideia de se alimentar, você corre pela porta rumo a um pequeno aposento mal iluminado que parece ser o quarto de Otto. Lençóis sujos cobrem um colchão fino sobre uma cama de ferro em um canto, e há um velho fogão contra a parede do fundo com uma panela de batatas cozidas. Acima do fogão há algumas prateleiras mal pintadas de verde presas à parede. Uma delas está repleta de utensílios de cozinha, e a outra tem sacolas de vegetais, a maioria dos quais está podre. No chão você vê uma mochila vermelho-vivo que tem a palavra "Hendrix" impressa com letras bem decoradas. Você abre a mochila e descobre que ela não contém nada além de alguns dados, três lápis, umas poucas moedas, um livro com metade das páginas faltando e uma revista sobre acordeão. Nada disso lhe interessa, e você esvazia o conteúdo no chão, mas fica com a mochila. No centro do aposento há uma mesa tosca com topo branco onde há um livro e um prato pela metade com bolo de carne e batatas. Se quiser terminar a refeição de Otto, vá para 317. Se preferir deixar o aposento e descer o corredor, vá para 93.

256

Os zumbis que sobreviveram ao seu primeiro ataque sobem a escada e saltam para a varanda para atacar.

⚄ ⚄

Diminua sua Energia pelo número de zumbis restante. Se ainda estiver vivo, você deve enfrentá-los com sua arma. Se vencer, vá para **182**.

257

O velho elevador desce lentamente, balançando com barulho, até parar com um rangido alto no térreo, onde as portas abrem-se deslizando. Mas você não estava esperando a recepção à frente. Atrás de um escudo há quatro zumbis aos gritos, e você vê o próprio louco, Gingrich Yurr, rindo insanamente e agitando os punhos na sua direção. Um dos zumbis segura uma granada. Você tenta fechar as portas do elevador apertando os botões 2 e S repetidamente, ao mesmo tempo que atira nos zumbis. Todos os quatro são atingidos pela rajada de balas, mas Yurr se abaixa atrás dos zumbis e permanece incólume. Ele empurra o zumbi segurando a granada enquanto cai, jogando-o para dentro do elevador bem quando as portas se fecham. Ele cai no chão, largando a granada e o elevador começa a descer rumo ao subsolo. Há uma explosão enorme da qual não há escapatória. Se estiver usando um colete de proteção, vá para **50**. Caso contrário, vá para **241**.

258

Você aperta o ouvido contra a porta e ouve passos pararem na frente dela. Então você ouve o já familiar grunhido de um zumbi. Se quiser atirar pela porta, vá para **142**. Se quiser manter-se em silêncio e ficar onde está, vá para **318**.

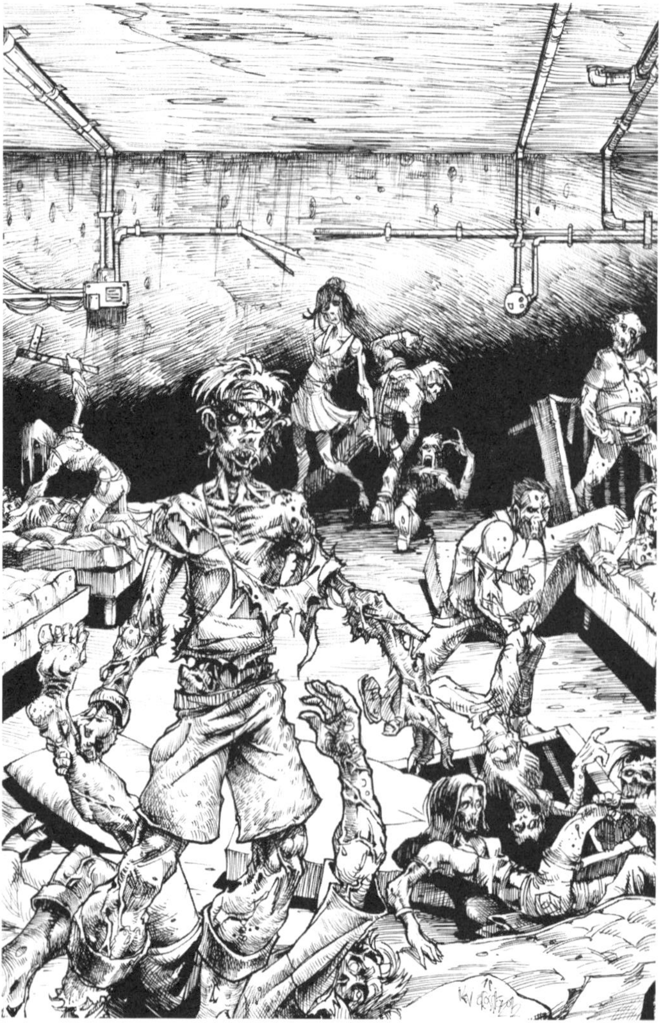

259

Você mira e dispara vários tiros, arrancando a fechadura da porta em pedaços e fazendo-a voar. As portas revelam um aposento amplo e sem janelas pouco iluminado, que parece um dormitório. Há seis beliches de madeira alinhados contra as paredes, seus colchões sujos rasgados e jogados por todos os lados. O mistério do barulho de briga é resolvido de imediato. Um grupo de zumbis irritados, alguns com membros quebrados, outros com feridas abertas, luta dentro do aposento. Ao vê-lo, eles param de lutar — pois agora têm um inimigo em comum. Você conta dezessete no total enquanto eles avançam para você com os braços estendidos. Se tiver uma granada, agora seria uma boa hora para usá-la. Vá para **357**. Se não tiver nenhuma granada, você terá de usar outra arma. Vá para **270**.

260

A pobre Amy está arrasada pela culpa e desculpa-se repetidas vezes por atirar acidentalmente em você. Ela pega um kit médico pequeno de sua bolsa de ombro e ajuda a enfaixar seu ferimento. O kit médico restaura 2 pontos de ENERGIA. Ela percebe que você está mesmo tentando ajudá-la. Você responde que a culpa foi sua e que, dadas as circunstâncias, você deveria ter sido direto e dito de uma vez que tinha lido o diário dela. Vá para **193**.

261
Quando ergue a tampa, você ouve um clique baixo seguido de um tique-taque rápido. Antes que você tenha tempo de reagir, há uma explosão enorme. O baú tinha uma bomba, que explode bem na sua cara. Perca 10 pontos de ENERGIA. Se ainda estiver vivo, vá para **106**.

262
Escolhendo qualquer que seja a arma que você julga mais apropriada para combate corpo a corpo, você entra no aposento para enfrentar vinte e oito zumbis. As probabilidades não estão a seu favor, mas, se você vencer, vá para **298**.

263
A maioria dos armários está vazia, mas em um deles você encontra uma carteira de couro. Ela contém alguns recibos, dois cartões de clubes, um cartão de crédito, US$ 4 e um pedaço de papel com o número 333 escrito nele a lápis. Você guarda a carteira e o pedaço de papel no bolso antes de deixar o aposento. Vá para **220**.

264
"Essa é fácil", diz Amy. "Yurr dirige um Austin Healey. Mas você provavelmente já sabia disso." Assim que você digita "Austin Healey", a tela muda de imediato e você vê vários ícones na área de trabalho. "Não tem conexão de internet. Que droga", diz Amy. Mas há um documento que parece inte-

ressante, marcado "Saída de Emergência". Se quiser abrir este documento, vá para **77**. Ou, se ainda não tiver feito isso, você pode tentar fazer uma ligação telefônica (vá para **323**).

265
Você nota uma porta pequena, com não mais de um metro de altura, na parede da direita do corredor. Se quiser abri-la, vá para **84**. Se preferir continuar descendo o corredor, vá para **202**.

266
Você esvazia sua arma na horda ensandecida por sangue. Alguns desabam no chão aos gritos, ignorados pelos outros, que pisam neles enquanto avan-

çam para atacá-lo. Antes que consiga recarregar, você é agarrado e coberto por sangue de zumbi. Você é infectado rapidamente e logo se torna um deles, juntando-se ao bando que guincha enquanto persegue a pobre Amy, que foge correndo e gritando aterrorizada. Sua aventura acaba aqui.

267

A dor de seus ferimentos é horrível e suas mãos tremem enquanto você tenta abrir o kit médico. Por sorte, ele contém tudo de que você precisa para cuidar de seus ferimentos e estancar o sangramento. Some 4 pontos de Energia. Ainda recuperando-se dos efeitos da explosão, você desce o corredor cambaleando. Vá para **25**.

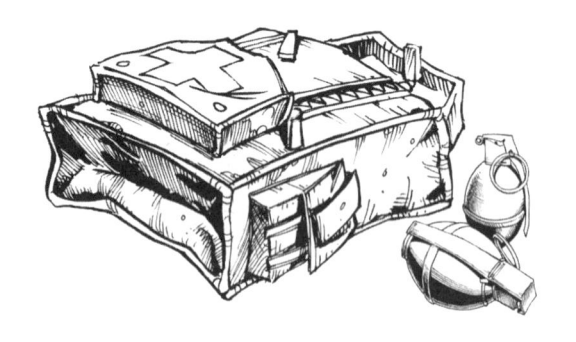

268

Você faz uma revista rápida dos farrapos que os zumbis estão vestindo e encontra uma caixa de fósforos e US$ 7 antes de abrir a porta do quarto para sair. Vá para **183**.

269

Você dá uma olhada na saída de incêndio e conta vinte e quatro zumbis cambaleando na direção da escada. Se tiver uma granada e quiser usá-la agora, vá para **330**. Se não tiver ou não quiser usar uma granada, vá para **151**.

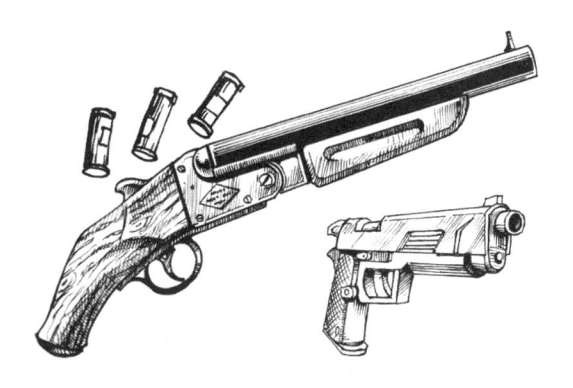

270

Todos os dezessete zumbis jorram para fora do quarto com beliche, decididos a fazê-lo em pedaços. Você escolhe rápido uma arma para enfrentá-los. Se vencer, vá para **145**.

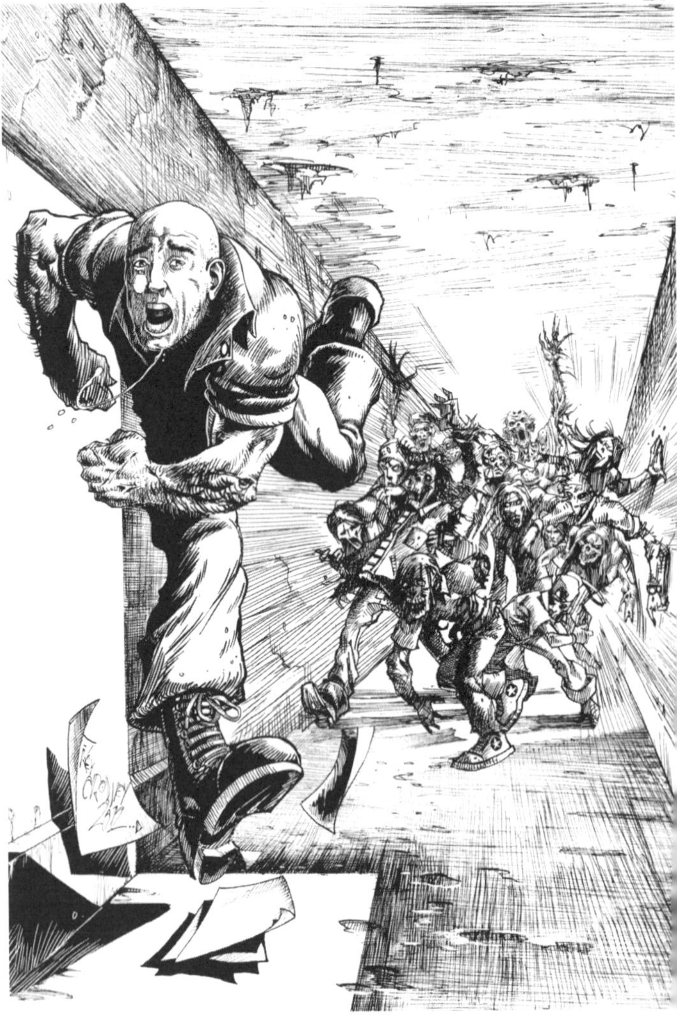

271

Um homem aparece no fundo do corredor correndo na sua direção e gritando a plenos pulmões: "Socorro! Socorro! Eles estão vindo! Me ajuda!". Quando se aproxima, você reconhece a cabeça raspada, o macacão laranja e os coturnos pretos. É Boris, um dos homens que você encontrou no estoque. Atrás dele você vê um grupo de zumbis cambaleando em perseguição. Exausto, Boris tropeça nos próprios pés e desaba uns dez metros à sua frente. Você precisa decidir rápido o que fazer. Se quiser entrar de volta no quarto e deixar Boris sozinho, vá para **37**. Se quiser enfrentar os zumbis, vá para **339**.

272

Você destranca a caixa e ergue a tampa. Você fica satisfeito de encontrar um colete protetor e um kit médico. Quando usar o kit, você recuperará 4 pontos de Energia. Se ainda não tiver feito isso, você pode abrir o estojo do violino (vá para **105**). Se preferir virar à esquerda saindo do aposento e ir para a direita no corredor, vá para **252**.

273

Você continua a investigar o aposento da caldeira e encontra um pé de cabra (1d6) encostado contra alguns canos. Não há mais nada muito útil no aposento, então você decide tentar abrir a porta na parede do fundo usando a chave pendurada no gancho. Vá para **309**.

274
Você tenta várias combinações, mas o cadeado não abre. Na última e frustrante tentativa, você força demais a chave menor, quebrando-a dentro da fechadura. Você não consegue tirá-la e não tem opção a não ser deixar o laboratório. Vá para **164**.

275
O colete protetor absorve a maior parte do impacto dos estilhaços que voam na sua direção. Você é atingido por apenas um estilhaço em sua perna, reduzindo sua Energia em 2 pontos. O zumbi que estava segurando a granada não teve tanta sorte, nem seus colegas, e muitos foram feitos em pedaços. Reduza o número de zumbis em 2d6+1. Você salta para enfrentar os zumbis restantes. Vá para **17**.

276
Você logo chega a uma porta na parede da direita. Você experimenta a maçaneta, mas ela está trancada. Adiante, o corredor termina em uma bifurcação em T onde fica um enorme baú de carvalho colocado contra a parede do fundo. Vá para **226**.

277
Se você quiser continuar para a escada, vá para **134**. Se preferir recuar pelas portas duplas, vá para **249**.

278
O esgoto termina em um ponto em que alimenta o cano de esgoto na parede de tijolos. O cano é muito

estreito para rastejar por ele, não que você fosse querer fazer isso! Não há alternativa além de voltar ao poço e sair do esgoto. Vá para **173**.

279

Você entra em um banheiro. Nada chama sua atenção além de um armário com um espelho na porta preso na parede acima da pia. Você o abre e encontra um kit médico que somará 4 pontos de ENERGIA quando usado. Você volta ao quarto e nota que a gaveta da mesa de cabeceira está um pouco aberta. Você abre a gaveta ainda mais, encontrando uma pistola carregada (1d6+2), uma bolsa vazia, algumas cartas, uma caneta e um diário. As cartas estão endereçadas a uma jovem chamada Amy Fletcher. Elas foram escritas por sua Tia Helen, cujo endereço é de Nova York. As cartas mais antigas desaprovam a decisão de Amy de trabalhar como cozinheira em um castelo em uma parte remota da Romênia. Ela pergunta se Amy está sendo bem cuidada, e quando ela vai voltar a Nova York. À medida que os meses passam, a comunicação fica mais nervosa: Tia Helen diz que está "doente de tão preocupada" com as coisas que Amy tem descrito, como "homens em jalecos brancos", "Gingrich Yurr agindo de forma estranha" e "gritos horríveis vindo do subsolo". Você larga as cartas e está para pegar o diário quando ouve um barulho vindo do lado de fora. É o som de passos descendo o corredor. Se quiser investigar, vá para **303**. Se quiser fechar a porta do quarto, vá para **258**.

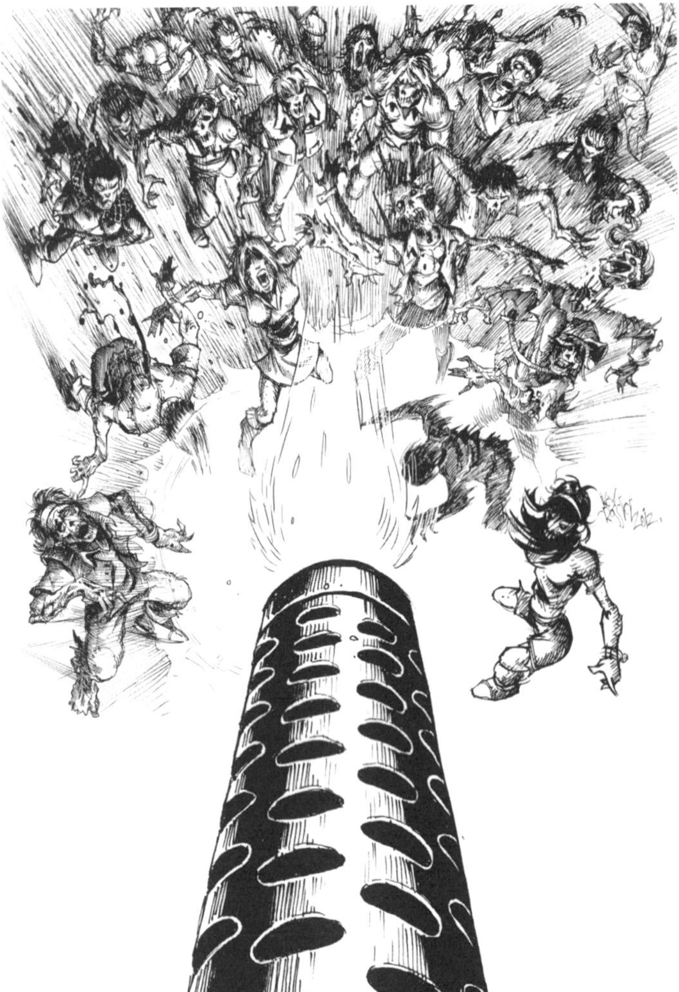

280

Depois de empurrar os zumbis mortos da varanda, você salta para a metralhadora Browning e checa a munição. Há várias caixas com cintas de cartuchos, certamente o suficiente para a vindoura batalha. Você larga a mochila para ter mais liberdade de mover a pesada arma de um lado para o outro. Sentado e pronto para a ação com o dedo no gatilho, você libera a trava de segurança, agarra o cabo e mira nos zumbis lá embaixo. Há vinte e quatro deles. Eles avançam como um enxame na direção da escada, lutando uns com os outros para ser o primeiro a subir. Você aperta o gatilho e esvazia a cinta de cartuchos na horda de mortos-vivos. O poder de fogo letal da metralhadora Browning causa 2d6+15 pontos de dano. Se matar todos os zumbis na primeira rodada de combate, vá para **182**. Caso contrário, vá para **256**.

281

A porta se abre, revelando um pequeno armário, no fundo do qual há uma pilha larga de malas com padrões em xadrez. Se quiser abrir as malas, vá para **208**. Se ainda não tiver feito isso, você pode abrir a porta no fundo (vá para **246**). Se quiser ir até o fim do corredor, vá para **81**.

282

Você puxa o pino de segurança antes de arremessar a granada pela abertura na porta. Segundos depois há uma explosão alta. As batidas na porta param de imediato e tudo o que você ouve são grunhidos e gemidos. Se tiver uma segunda granada e quiser jogá-la no corredor, vá para **307**. Se preferir afastar a mobília da porta para que possa abri-la, vá para **64**.

283

A porta não está trancada e você entra em um aposento pequeno que está repleto de armários e prateleiras cheios de caixas de ferramentas, latas de tinta, panos, pincéis, material de limpeza, ferramentas velhas de jardinagem, pás, sacos, mangueiras, luvas de jardinagem e itens domésticos em geral que foram largados no aposento e esquecidos. A única coisa que chama sua atenção é uma chave grande de bronze pendurada em um gancho ao lado da porta. As palavras "Portão Principal" estão escritas na parede com caneta preta logo acima do gancho. Você decide pegar a chave, guardando-a na mochila. "Ei, aqui", diz Amy, animada. "Encontrei um painel eletrônico na parede. Tem um teclado numérico embaixo da tela." Se souber o código para operar o painel, vá para o parágrafo de mesmo número. Caso contrário, não há muito mais o que fazer além de deixar o estoque e virar à direita para abrir a porta no fim do corredor. Vá para **14**.

284

"Eu não faria isso se fosse você", diz Boris quando você avança em sua direção. "Garanto que sou mais do que capaz de cuidar de mim mesmo." Se ainda quiser atacá-lo, vá para 370. Se preferir recuar e ir para a porta, vá para 157.

285

Você diz para Amy não se preocupar e se gaba de ser um matador de zumbis veterano, perfeitamente capaz de acabar com os zumbis restantes. Este último comentário a anima um pouquinho. Você diz a ela que está na hora de ir, e que ela deve andar perto da floresta, seguindo a estrada. Você a aconselha a se certificar de não ser vista por ninguém dirigindo na estrada. Você abana em despedida, dizendo que você vai encontrá-la logo. Você volta para dentro do estoque e fecha a porta secreta. Você sai, vira à esquerda, e então caminha para o norte pela ala oeste antes de alcançar a escadaria na junção com a ala norte. Você está para descer por ela rumo ao subsolo quando vê um telescópio montado em uma mesa à frente. Vá para 230.

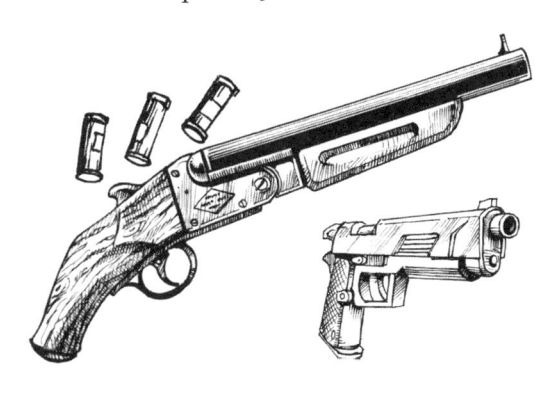

286

Antes que o zumbi possa alcançar o topo dos degraus, você bate o alçapão na cabeça dele e o tranca com firmeza. Há uma explosão enorme de repente e você é erguido do chão. O alçapão abaixo de você foi feito em pedacinhos, assim como a torre do relógio. Não há como você ter sobrevivido a uma explosão tão terrível. Sua aventura acaba aqui.

287

Você agarra a mão de Amy e corre para a floresta. Ouve tiros de metralhadora, mas não para e olha para trás enquanto corre em zigue-zague entre as árvores altas. Depois de dez minutos correndo, você senta em um tronco, exausto. "E agora?", pergunta

Amy, arfando pesado. Se quiser sugerir que vocês deveriam avisar juntos as autoridades, vá para **85**. Se quiser sugerir que Amy vá avisar as autoridades sozinha enquanto você retorna ao castelo e finaliza sua missão, vá para **338**.

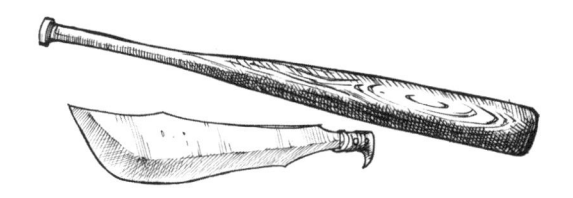

288
Há um livro grosso, com encadernação de couro, em uma das prateleiras na parede do fundo, entre duas estantes de livros. Seu título é *Mortos-vivos: o mundo dos zumbis*. Ao remover o livro da prateleira, você nota uma pequena placa de metal na parede atrás dele. Há um interruptor no meio da placa. Se quiser ler o livro, vá para **206**. Se preferir mexer no interruptor, vá para **324**. Se quiser deixar a biblioteca e continuar caminhando, vá para **160**.

289
A pessoa atirando em você é um dos cientistas. A essa distância seria difícil errar uma segunda vez usando uma metralhadora. Ele dispara outra rajada, e várias balas atingem você e Amy, com resultado fatal. Sua aventura acaba aqui.

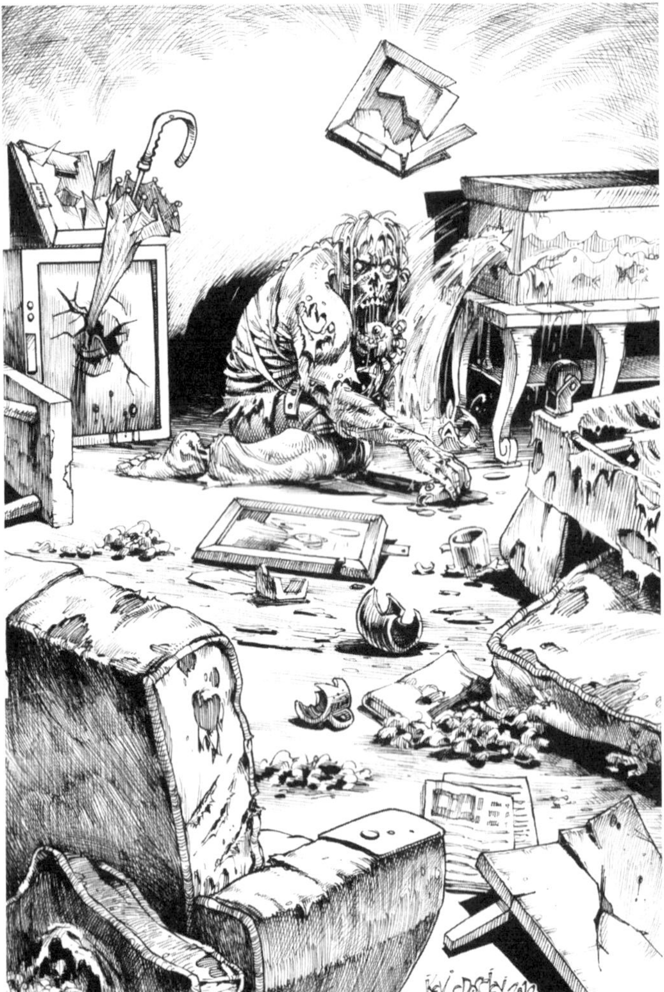
Kev Crossley 2012

290

A porta não está trancada e dá para um quarto que foi totalmente destruído. Um sofá cinza-claro jaz de ponta-cabeça, com seu estofado e as almofadas rasgadas, espalhando espuma pelo chão. Duas cadeiras estão em estado parecido e alguém pulou em cima de uma mesinha de centro de plástico branco e quebrou suas pernas. Todos os quadros foram arrancados das paredes, e suas molduras quebradas jazem no chão, em meio a cacos de vidro e de cerâmica. Um rádio de plástico vermelho foi enfiado em um vaso de flor. Ele ainda funciona, berrando algum drama a todo volume. Uma TV caída de lado contra a parede tem um guarda-chuva cravado na tela. Perto dela há um aquário retangular enorme em um pedestal de ferro torcido com um buraco na lateral de onde ainda jorra água. Um zumbi está pegando os peixes que caem dele e enfiando-os na boca. Você está para atacar o zumbi quando outro zumbi, escondido atrás da porta, salta nas suas costas e tenta mordê-lo no pescoço. Role um dado. Se o resultado for de 1 a 3, vá para **191**. Se for de 4 a 6, vá para **363**.

291

Você abre a sacola e encontra algumas roupas esportivas mofadas — uma calça de abrigo cinza, uma camiseta e um par de tênis. Tudo parece ser do seu tamanho, se quiser alguma coisa. Mas a melhor coisa que você encontra na sacola é um taco de baseball (1d6), que pode vir a ser uma arma útil. Você de repente ouve algo raspando no armário do fundo. Vá para **13**.

292

Você não tem tempo de recarregar a Browning antes de ser atingido pelo impacto da bazuca. A explosão é devastadora. A varanda é feita em pedaços, e você com ela. Os planos de Gingrich Yurr de conquistar o mundo podem ter se encerrado por enquanto, mas ele gargalha loucamente ao ver o buraco fumegante na parede. Sua aventura acaba aqui.

293

Prestando bastante atenção, você ergue a tampa da caixa com cuidado e encontra uma granada (2d6+1). Você suspira aliviado por não haver uma armadilha. Você prende a granada no cinto e pondera sobre o que fazer a seguir. Se ainda não tiver feito isso, você pode abrir a porta no fundo (vá para **281**). Se preferir caminhar até o fim do corredor, vá para **81**.

294

Quando abre a porta de aço, você é recebido por uma rajada de ar gelado. Você dá uma olhada no aposento refrigerado e vê várias carcaças de animais penduradas em ganchos de açougue, presos a correntes que pendem do teto. Há pelo menos trinta peças de carne de gado e de porco congeladas penduradas. Se quiser investigar o aposento, vá para **5**. Se preferir fechar a porta e continuar pelo corredor, vá para **341**.

295

A porta dá para um pequeno lavabo. Há um relógio de pulso e um par de óculos de leitura na pia, que alguém deve ter esquecido. Você aproveita a oportunidade e dá uma boa lavada no rosto, a primeira em vários dias, e se sente muito melhor com o resultado. Você toma um longo gole de água da torneira. Some 2 pontos de Energia. Você pode pegar o relógio e os óculos antes de sair e virar à esquerda no corredor. Vá para **198**.

296

Na gaveta de cima você encontra canetas, papel, uma régua, uma calculadora de bolso, um grampeador, um furador e um carregador de celular. Na próxima gaveta você encontra alguns postais do castelo. Um deles tem uma mensagem curta desejando feliz aniversário no verso, mas não tem endereço para envio. Ela diz apenas: "Feliz aniversário de trinta anos, Zagor" e está assinada por Yurr. Você pergunta a Amy se ela sabe quem Zagor poderia ser, mas ela balança a cabeça negativamente e parece intrigada. A gaveta de baixo não contém nada além de um bloco de anotações com as palavras "Informações Importantes" escritas na capa. Você o folheia e lê dois registros que parecem úteis. A primeira diz: "O nome de usuário é Coelho Branco". A segunda é "Devo US$ 100 a Roznik pelo sangue". Amy diz que o Professor Roznik é o cientista-chefe de Yurr e que ele é muito perigoso. Você arranca as duas páginas do bloco de anotações e pergunta a Amy se ela sabe aonde leva a porta no fundo. "É o gabinete particular de Gingrich Yurr", ela diz. Você não espera um convite para abrir a porta. Vá para **238**.

297

Você abre várias caixas, mas não encontra nada além de componentes de jogos. No entanto, na parede você vê a porta de um pequeno cofre que estava escondido pelas caixas de jogos. As palavras "Use a chave de bronze" estão escritas na frente do cofre, obviamente um lembrete do dono. Se tiver uma chave de bronze, vá para o parágrafo com o mesmo número gravado nela. Caso contrário, você pode tentar arrombar o cofre. Se tiver um pé de cabra, vá para **362**. Se não tiver nada com que abrir o cofre, você terá de sair do aposento e continuar caminhando pelo corredor. Vá para **129**.

298

Você dá uma olhada na carnificina. Você quase se sente mal pelos zumbis, aquelas almas perdidas que um dia foram humanos antes de serem transformados pelos servos malignos de Gingrich Yurr. Há outra porta de ferro na parede da esquerda, que também está cadeada. Usando as chaves numeradas, você logo consegue abri-la. Você se vê em outro corredor escuro. A entrada do laboratório fica à esquerda, com as portas vai e vem. À direita você vê que o corredor continua por algum tempo. Você decide virar à direita, subindo o corredor até ele terminar em uma saída de incêndio. Não há mais para aonde ir, então você empurra a barra de metal para abrir a saída de incêndio. Vá para **172**.

299
Preso pelos grilhões e fraco de fome, você não consegue erguer as pernas alto o suficiente. Otto evita seu ataque com facilidade. "Você vai pagar por isso", ele diz com uma voz grave e ofegante, chutando com raiva sua tigela de comida. Ainda enfurecido, ele então o chuta cruelmente nas costelas várias vezes. A dor é horrível e você desmaia. Quando acorda, você não consegue acreditar nos próprios olhos. Você está em um aposento amplo e sem janelas, iluminado por luzes fluorescentes. Você está acorrentado a um pedaço de pedra liso e cercado de zumbis. Eles ficam muito animados quando você abre os olhos. Eles se aproximam para observar um homem alto, magro e de óculos, vestindo um longo jaleco de laboratório e luvas de borracha, injetar em seu pescoço sangue de zumbi. O cientista sorri e diz que você está para se tornar o mais recente membro do exército de zumbis de Gingrich Yurr. Sua aventura acaba aqui.

300
Você procura em sua sacola algo que possa abrir as portas de correr. Se tiver uma serra, vá para **355**. Caso contrário, vá para **102**.

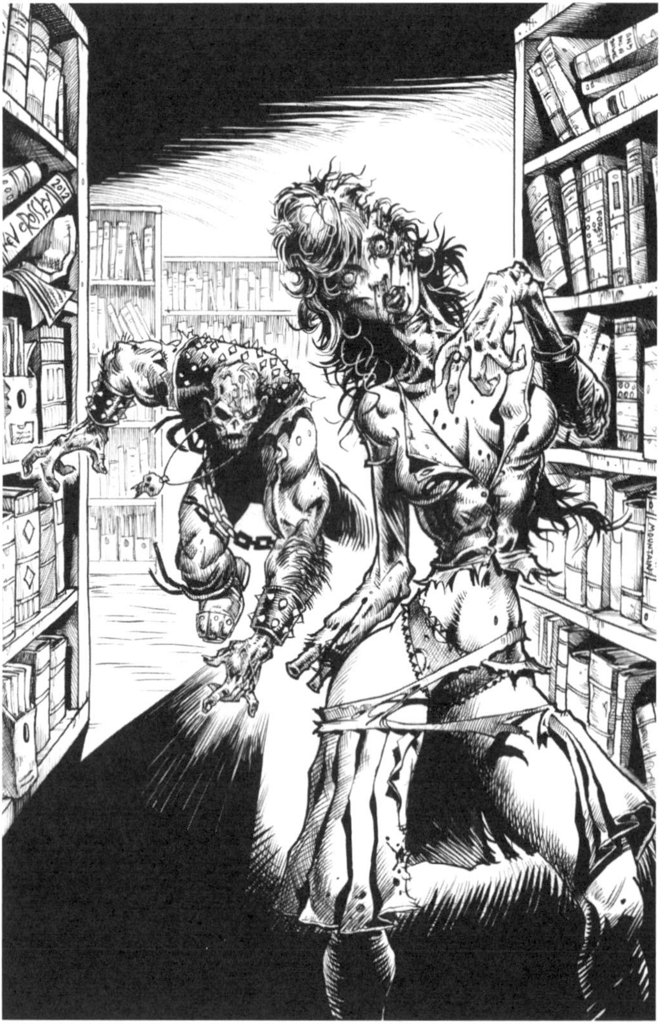

301

A porta dá para um aposento repleto de prateleiras de livros e cheirando a mofo. Dois zumbis saltam de trás de uma prateleira sem aviso e o atacam. Se vencer, vá para **365**.

302

A cesta está cheia de roupa suja: toalhas, lençóis e fronhas. Você esvazia o conteúdo no chão e fica surpreso ao descobrir uma caixa de papelão no fundo da cesta. Você remove a tampa e encontra três granadas (2d6+1) . Depois de certificar-se de que os pinos estão bem presos, você coloca as granadas em sua sacola, o que lhe renova o ânimo e acelera seu passo quando você desce o corredor (vá para **271**).

303

Você experimenta dar uma olhada pelo corredor e vê dois zumbis aproximando-se. Eles não devem ser um problema para um matador de zumbis veterano! Se vencer, vá para **169**.

304

A porta revela um armário estreito na parede. Dentro dele, você fica mais do que feliz ao encontrar o kit matador de zumbis perfeito: uma escopeta (1d6+5), quatro caixas de cartuchos de escopeta e duas caixas de balas. Você pega tudo e fecha a porta rápido, colocando a pintura de volta na posição original. Se quiser virar à esquerda no corredor, vá para **223**. Se quiser virar à direita, vá para **113**.

305

Os zumbis alcançam o topo das escadas e começam a bater na saída de incêndio. Ela treme; não vai demorar para que eles a derrubem! Se quiser ficar e enfrentar os zumbis, vá para **74**. Se quiser dar uma olhada no pátio lá embaixo, vá para **40**.

306

Você abre a torneira e enche o copo. A água é refrescante — você não tinha percebido o quão sedento estava! Some 2 pontos de ENERGIA. Uma revista no ginásio não revela nada de interessante, então você decide continuar caminhando. Vá para **12**.

307

Não querendo arriscar, você joga a segunda granada no corredor. Você se prepara para a explosão, mas fica horrorizado ao ver a granada sendo jogada de volta pela porta e caindo na cama. Há uma explosão enorme e você recebe o impacto completo dela. Jazendo no chão, seriamente ferido, você consegue apenas olhar enquanto a porta é empurrada por uma horda de zumbis. À sua frente paira um homem vestindo macacão laranja cujo rosto você reconhece, embora ele esteja agora coberto de feridas. Boris foi transformado em zumbi e você também logo se tornará um. Sua aventura acaba aqui.

308

Infelizmente para você, a bala perdida o acerta na coxa. Você cai no chão agarrando o ferimento. Amy volta a si e fica chocada ao ver você retorcendo-se no chão em agonia. Perca 4 pontos de Energia. Se ainda estiver vivo, vá para **260**.

309

A chave gira e você se vê de volta ao corredor principal, que conduz da esquerda para a direita. Você tranca a porta e pensa sobre qual direção seguir. A decisão logo é tomada por você. Há alguém vindo da direita. Vá para **109**.

310

Com os zumbis se aproximando, você tateia nas sombras em busca do interruptor, e finalmente o encontra. Você acende a luz e o aposento é iluminado por fileiras de luzes fluorescentes no teto. No aposento há apenas um pedaço de pedra polida e manchada de sangue sobre um pedestal no centro, com grilhões e correntes em cada um dos lados. Os zumbis gemem e grunhem, protegendo os olhos da luz. Você conta vinte e oito. Se tiver granadas, você pode usá-las agora, enquanto eles ainda estão cegos (vá para **209**). Se não tiver granadas, vá para **262**.

311

O corredor vira à direita mais uma vez, chegando a uma escadaria larga e acarpetada, na esquerda, que leva para cima. O corredor continua depois da escadaria. Você ouve um barulho vindo do alto da escadaria e prepara-se para se defender. Vá para **148**.

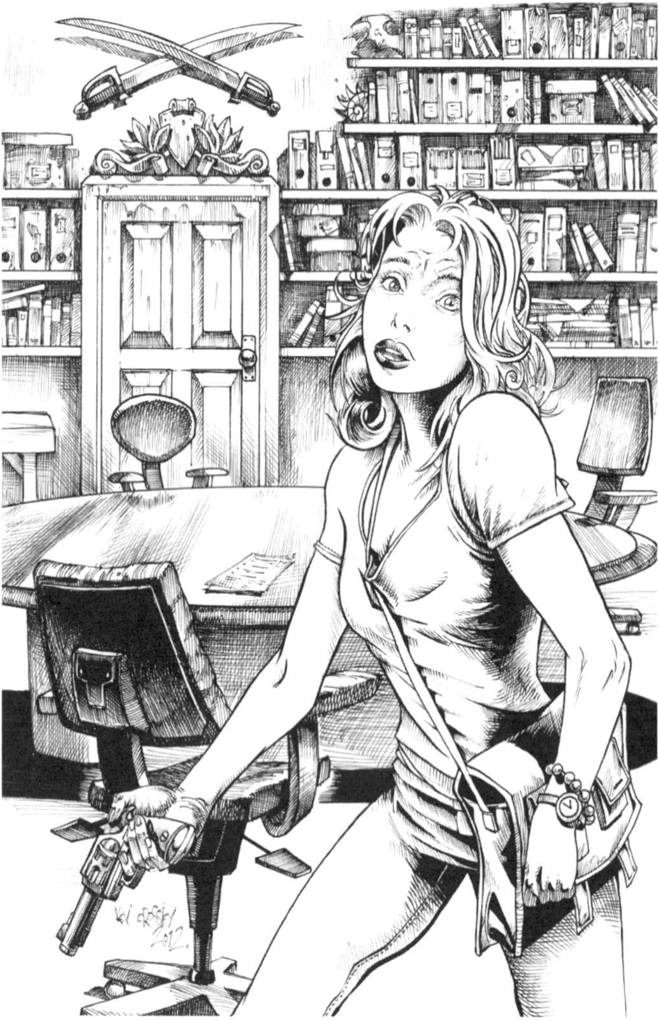

312

Assim que você diz "Amy", os gritos param. Você ouve passos aproximando-se e recua quando a porta abre. Uma jovem surge, com expressão de terror e lágrimas escorrendo por suas bochechas. Ela pede que você entre no aposento e tranca a porta de novo. Ela segura uma pistola. "Como sabe meu nome?", ela diz. Se quiser responder que simplesmente o adivinhou, vá para **72**. Se quiser responder que leu o diário dela e presumiu que fosse ela, vá para **193**.

313

Você jaz imóvel no chuveiro, com o coração batendo forte. Você ouve alguém entrar no banheiro fungando alto. Então você ouve o barulho do armário sendo arrancado da parede. Mas você não vê o zumbi arremessá-lo no chuveiro! Role um dado. Se o resultado for de 1 a 3, vá para **175**. Se for de 4 a 6, vá para **127**.

314

Você prende o arpéu na parte de trás do relógio e joga a corda pelo buraco na frente do relógio. Quando o zumbi avança com a dinamite, você salta pelo buraco e desce de rapel a parede da torre. A corda não é comprida o suficiente e você tem de se jogar os últimos metros até o telhado abaixo. Você torce o tornozelo feio. Perca 1 ponto de Energia. Há uma explosão enorme acima quando o telhado da torre é destruído pela dinamite. Destroços caem sobre você — pedra, madeira, partes do relógio e até mesmo o pé do zumbi. Vá para **359**.

315

Mais e mais zumbis reúnem-se lá embaixo. Pendurado no cano com uma mão, você vasculha sua mochila em busca de uma granada. Você agarra o pino com os dentes e puxa, largando a granada nos zumbis abaixo. Há uma explosão alta que causa uma carnificina, mas isso faz apenas com que mais zumbis apareçam no pátio. Subindo pela pilha de corpos, eles agarram o cano e começam a puxá-lo freneticamente. O cano sacode e balança, antes de ele ser arrancado da parede. Você cai nos braços dos zumbis abaixo. Rasgado pelas garras e dentes, você é infectado pelo sangue contaminado, e logo se torna um deles. Sua aventura acaba aqui.

316

Você passa por cima dos zumbis mortos e entra no elevador. Você vê que há quatro botões: 2, 1, T e S, que você presume que sejam o primeiro e o segundo andar, o térreo e o subsolo. Você está no segundo andar. Você vai apertar o botão 1 (vá para **159**), o botão T (vá para **116**) ou o botão S (vá para **331**)?

317

Embora bolo de carne não seja seu prato preferido, no momento parece a melhor refeição que você teve em sua vida. Você também pega algumas batatas e devora tudo. Satisfeito, você dá tapinhas carinhosos em seu estômago. Some 2 pontos em ENERGIA. Você está pronto para deixar o aposento quando vê uma pequena caixa de metal escondida embaixo do fogão. Se quiser abrir a caixa, vá para **178**. Se preferir deixar o aposento e descer o corredor, vá para **93**.

318
Há o barulho alto de madeira quebrando quando a porta é arrombada pelos chutes de dois zumbis. Você deve enfrentá-los. Se vencer, vá para **29**.

319
Você é atingido por estilhaços, mas sua cabeça escapa de ferimentos por milagre. Perca 6 pontos de Energia. Se tiver sobrevivido, vá para **218**.

320
O cadeado enorme no chão é feito de aço reforçado. Não há como abri-lo, mesmo com um pé de cabra. Se tiver um molho de chaves numeradas de 1 a 8 e quiser experimentá-las na porta, vá para **396**. Se não tiver essas chaves ou não quiser abrir a porta, você deve voltar para o corredor. Vá para **164**.

321
A chave abre a porta, que dá para uma sala com quatro caldeiras enormes e borbulhantes, cujas válvulas sibilam vapor. Canos de água saem das caldeiras e desaparecem no teto. Está muito quente no aposento. No fundo há outra porta de ferro e há uma chave pendurada em um gancho ao lado. Se quiser investigar a sala, vá para **69**. Se preferir abrir a porta do fundo com a chave pendurada no gancho, vá para **309**.

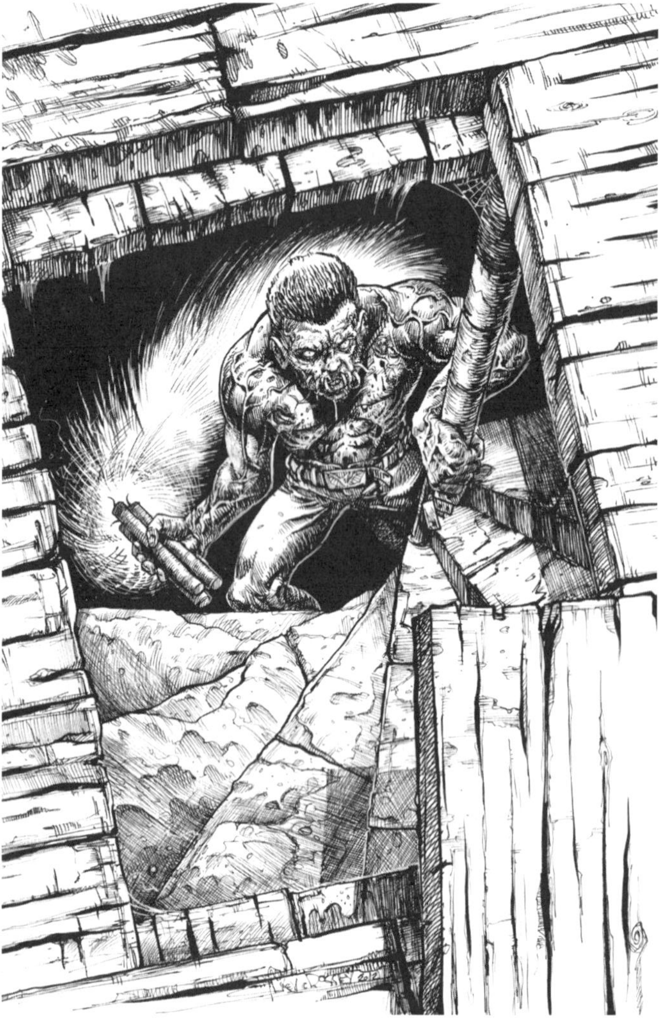

322

Você sobe os degraus em passo acelerado. Você está na metade do caminho quando ouve um barulho vindo de baixo. Alguém está subindo atrás de você! Você acelera até chegar no alçapão, abre-o e se vê em um aposento quadrado, no topo da torre do relógio. Há um sino enorme pendurado no teto e quatro relógios mecânicos, um em cada uma das quatro paredes, de frente para o mundo lá fora, trabalhando em meio a zumbidos e tique-taques. Olhando pelas faces dos relógios, você vê florestas e montanhas ao longe e anseia pela liberdade. Mas, agora, você tem outros assuntos com os quais se preocupar: os passos estão ficando mais altos. Você ouve uma risadinha, mas ela não parece completamente humana. Você pega sua arma, pronto para enfrentar quem quer que seja. A risadinha para. E você ouve os cliques repetitivos que lembram você de alguém tentando acender um isqueiro. Você olha para baixo e vê um zumbi grandão de pé na escada, segurando três bananas de dinamite, os pavios acesos e sibilando. Se estiver armado com uma arma de fogo e quiser atirar no zumbi, vá para **242**. Se preferir fechar o alçapão, vá para **286**. Se quiser quebrar a face de vidro de um dos relógios e tentar descer pelo lado de fora da torre do relógio, vá para **15**.

323

Você pega o telefone e tenta ligar para casa, mas a linha não está conectada com o mundo lá fora. Tudo que ela faz é ligar para ramais do castelo. Se souber o número de Gingrich Yurr e quiser ligar para ele, vá para o parágrafo de mesmo número. Se não souber o número e quiser ligar o laptop, vá para **201**.

324
Quando vira o interruptor, você ouve um clique. Você disparou uma armadilha. Sem aviso, um dardo dispara de um buraco quase invisível na parede embaixo do interruptor. Role um dado. Se o resultado for de 1 a 3, vá para **167**. Se for de 4 a 6, vá para **381**.

325
Os zumbis que sobreviveram à saraivada alcançam o topo da escada para atacá-lo antes que você consiga recarregar a Browning. Diminua sua ENERGIA pelo número de zumbis. Se ainda estiver vivo, você deve enfrentá-los com sua arma. Se vencer, vá para **110**.

326
Você alcança a porta, mas ela está trancada. Há uma chave na fechadura, mas você não tem tempo de usá-la antes de os cães estarem em cima de você. Há dezessete cães, cada um com 1 ponto de ENERGIA e causando 2 pontos de dano. Se vencer, vá para **95**.

327
As batidas altas na porta continuam e ela lentamente começa a ceder, com a força combinada dos zumbis empurrando a mobília pesada. Um braço cinza e magro, coberto em feridas abertas, espreme-

-se pela abertura, e logo é seguido por dois outros. Não há mais como deter os zumbis. Se quiser saltar pela janela do aposento para o pátio abaixo, vá para **87**. Se tiver uma granada, vá para **282**.

328

O nome do usuário está correto e agora você tem de entrar com uma senha. Amy pergunta se há uma dica. Há duas opções: "Meu Gato" e "Meu Carro". Se quiser digitar o nome de um gato, vá para **166**. Se quiser digitar o modelo de um carro, vá para **264**.

329

"Não temos muito no momento, mas você pode levar o que tivermos. Desculpe, mas vou cobrá-lo. Se tiver alguma coisa faltando e Yurr descobrir, seremos transformados em zumbi de imediato." Boris olha para sua prancheta e lê em voz alta o que está à venda, dizendo: "Tudo nesta lista custa US$ 1. Temos luvas de borracha, pilhas AAA, serras, chaves de fenda, lápis, polias de aço, lupas, ímãs, barbante, anzóis, óculos de sol, afiadores de faca, cola, fita para embalar e tesouras. Temos um pouco de tudo, mas é isso. O que você gostaria de comprar?". Compre o que quiser e pague US$ 1 por item. Se quiser perguntar a Boris se ele tem provisões, vá para **28**. Se preferir agradecê-lo pela ajuda, despedir-se e caminhar de imediato para a porta na parede do fundo, vá para **157**.

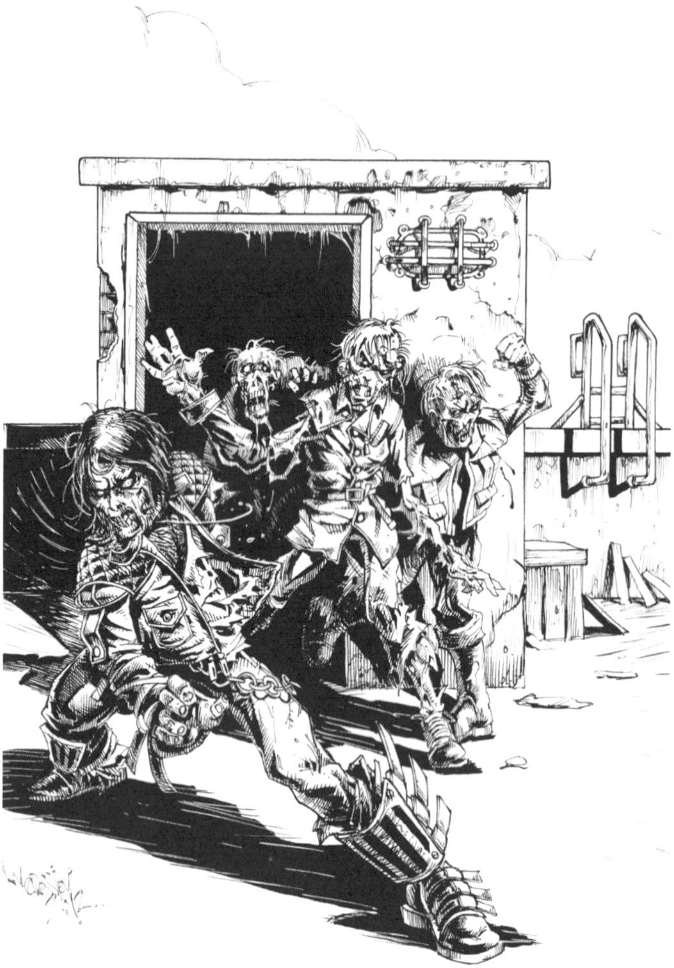

330

Você puxa o pino antes de largar a granada no fosso. Você a ouve bater nas escadas e então há uma explosão poderosa que ecoa dentro do fosso de concreto da saída de incêndio. Os vinte e quatro zumbis são reduzidos em 2d6+1. Os zumbis restantes enlouquecem e apressam-se escada acima, em busca de vingança. Você afasta-se da porta e prepara-se para encarar a investida. Instantes depois, eles jorram para o teto, furiosos. Escolha sua arma e enfrente-os. Se vencer, vá para **40**.

331

O elevador desce devagar e sacolejando, antes de parar. Você aperta S de novo, mas nada acontece. As portas abrem-se e revelam outro corredor como aquele no segundo andar, que termina em uma janela que dá para o pátio. Também há uma porta na direita no fundo do corredor. Se quiser descer o corredor para abrir a porta, vá para **177**. Se preferir ficar no elevador, você pode apertar o botão T (vá para **33**) ou o botão S mais uma vez (vá para **147**).

332

O mezanino aonde chega é acarpetado e as paredes estão cobertas com um papel de parede com um padrão brilhoso. Há alguns espelhos e pinturas de natureza morta pendurados nas paredes, mas nada que seja útil para você. Você caminha sempre em frente até chegar a duas portas brancas uma de frente para a outra no corredor. Você coloca o ouvido contra elas uma de cada vez, mas não consegue ouvir nada. Se quiser entrar na porta à esquerda, vá para 246. Se quiser abrir a porta à direita, vá para 281. Se preferir avançar até o fim do corredor, vá para 81.

333
Amy olha fixamente para você enquanto você conta todas as suas batalhas mais uma vez. Satisfeito por ter vasculhado cada lugar dentro do castelo e não ter deixado nenhum zumbi sobrando, você anuncia que está certo de ter matado todos. "Assim espero", ela responde, sorrindo. "Caso contrário, Melis será a primeira aldeia que os zumbis atacarão. Se eu acordar de manhã, saberei que você realmente matou todos!" Vá para 225.

334
Próximo ao zumbi você encontra uma nota de US$ 5 no chão, presa no boné de baseball que ele estava usando. Todos os instrumentos foram feitos em pedaços, mas no fundo do aposento você vê um estojo de violino e uma caixa grande de amplificador coberta de adesivos de companhias aéreas. Se quiser abrir o estojo do violino, vá para 105. Se quiser abrir a caixa de voo, vá para 272. Se preferir virar à esquerda do lado de fora do aposento e então à direita de imediato no corredor, vá para 252.

335

Uma bala perdida disparada pela arma de seu adversário desce o corredor e passa zunindo pela sua cabeça, perfurando a porta de borracha. Vá para **45**.

336

As caixas contêm apenas revistas, livros e fotografias antigas. Uma foto é de uma mulher de aparência inteligente com longos cabelos negros em frente a um jatinho particular. O nome Theresa Clark está escrito no verso. Você se pergunta quem ela poderia ser e se ela foi transformada em zumbi. As malas estão vazias, mas uma contém fantasias que devem ter sido usados por crianças hoje já crescidas e talvez até falecidas. Há uma roupa de palhaço, um chapéu de cowboy, um capacete de policial, uma fantasia de fada, um uniforme de marinheiro, algumas asas, bigodes e barbas falsas. Você pode levar algo, se quiser. Ansioso para deixar esta cena de carnificina, você corre para o elevador no fim do corredor. Vá para **367**.

337

Você caminha pelo longo corredor escuro até chegar a uma porta branca na parede da direita. Você experimenta a maçaneta, mas a porta está trancada. Você olha pela fechadura e vê que a chave está na fechadura do lado de dentro. À frente você vê escadas subindo que parecem ser a melhor forma de deixar estes corredores subterrâneos. Vá para **250**.

338

Amy olha para você suplicante e implora que não volte ao castelo. Você responde que precisa deter Yurr antes que ele libere seus zumbis no mundo. Você a tranquiliza, dizendo que destruir o resto dos zumbis não vai tomar muito tempo e que você logo vai encontrá-la. Ela olha para o chão, uma lágrima correndo por sua bochecha. Se tiver um medalhão de ouro em uma corrente de ouro, vá para **68**. Caso contrário, vá para **52**.

339

Com sua arma pronta, você avança para defender Boris. Seu coração bate forte quando você conta o número de mortos-vivos guinchando enquanto investem correndo pelo corredor na sua direção. Há vinte e sete zumbis no total. Se tiver alguma granada, você pode usar uma delas agora (vá para **200**). Se não tiver granadas, vá para **17**.

340

A granada quica pelo chão na sua direção e quase que imediatamente há uma explosão ensurdecedora. Para sua sorte, o colete absorve o grosso do impacto. O único ferimento que você sofre é o de um estilhaço alojado em sua perna, que diminui sua ENERGIA em 3 pontos. O zumbi não tem tanta sorte. Ele jaz imóvel no chão, em pedaços. Você não perde tempo e apressa-se pelo corredor até parar do lado de fora de uma porta na parede da esquerda. Você ouve na porta latidos altos vindo do outro lado. Se quiser abrir a porta, vá para **26**. Se preferir continuar pelo corredor, vá para **276**.

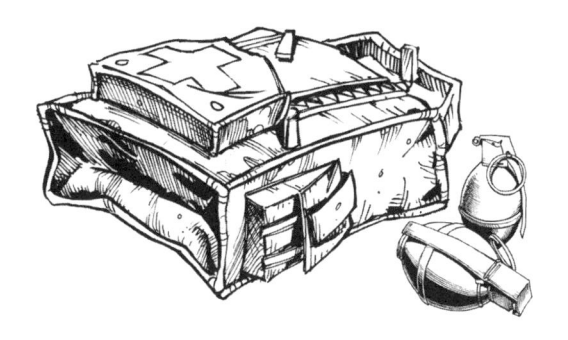

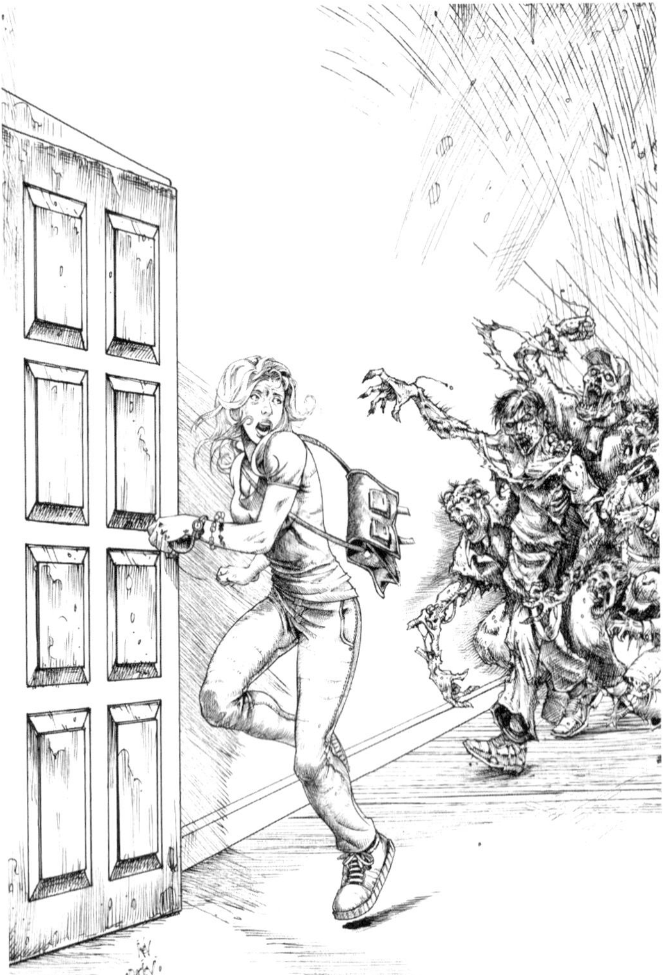

341

Você logo chega a um rol de celas abertas. Um fedor horrível vem delas, que você reconhece como o cheiro pútrido dos zumbis. Mas não há sinal deles. Será que foram libertados por Boris? Você continua caminhando e chega a uma escadaria que sobe. Subindo, você se vê no térreo da ala norte do castelo. Você está no fim de um longo corredor que vira à direita. No meio do corredor há duas portas, uma de frente para a outra. A da direita parece dar para o pátio. Ao lado da porta, há um telescópio montado em uma mesa. De repente, uma jovem loira de calça jeans e camiseta branca, carregando uma pequena bolsa, aparece da esquina do corredor, correndo e olhando para trás. Antes que você possa chamá-la, ela abre a porta da esquerda, ao mesmo tempo que um grupo de zumbis aparece da esquina do corredor. A jovem fecha a porta rápido. Os zumbis começam a bater na porta e você ouve a jovem gritar. Você não tem escolha a não ser resgatá-la e enfrentar os dezessete zumbis. Se vencer, vá para **245**.

342

A porta dá para um aposento bem iluminado, repleto de equipamento de ginástica empoeirados: esteiras, bicicletas ergométricas, pesos e aparelhos de musculação. Há um bebedouro no aposento, com copos de papel arrancados do suporte e esparramados pelo chão. Se quiser beber água, vá para **306**. Se preferir fechar a porta e seguir em frente, vá para **12**.

343
Você desce pelo buraco, soltando-se do chão do elevador no último instante. Você cai e atinge o chão do subsolo com força, torcendo um tornozelo. Perca 1 ponto de Energia. As grades cromadas ao fundo do poço estão fechadas e você não tem como abri-las para entrar no subsolo. Se tiver um pé de cabra, vá para **185**. Caso contrário, vá para **300**.

344
Você entra no chuveiro e fecha a cortina amarela atrás de você. Há muito barulho vindo do quarto. Há gritos, batidas e barulho de mobília sendo jogada e de vidro sendo quebrado. Deve haver zumbis no quarto. Você vai ficar escondido no chuveiro, armado e pronto para lutar (vá para **313**) ou vai entrar no quarto para atacar os zumbis (vá para **53**)?

345
A reação de Otto é lenta e seu movimento o pega desprevenido. Você consegue prender suas pernas na cintura dele e puxá-lo aos gritos para o chão. Ele tenta se libertar, mas você o segura firme, passando uma de suas correntes em volta do pescoço dele. Ele luta por ar e golpeia, acertando você no rosto com o cotovelo, mas sem causar dano real. Você continua segurando, e aperta a corrente com ainda mais força até ele desmaiar. Ele desaba no chão em cima de você, mas você consegue alcançar o cinto dele. Seus dedos encontram uma chave presa a uma corrente no bolso dele. A corrente é longa o suficiente para

você enfiá-la na fechadura e abrir seus grilhões. Você prende o bandido nos mesmos grilhões em que estava. Revistando os bolsos dele, você não encontra nada além da foto de uma mulher gorda de meia-idade, que você joga no chão. Você esfrega seus pulsos feridos e pensa no que fazer a seguir. Você está de pés descalços e usa a mesma camiseta e calções de quando foi sequestrado. Uma mudança de roupas seria bem-vinda se o fedor de Otto não fosse pior que o seu. Você precisa encontrar uma forma de fugir. Otto começa a gemer enquanto recobra a consciência. Se quiser interrogá-lo, vá para **21**. Se quiser deixar a prisão de imediato, vá para **73**.

346
Roznik o encara com frieza: "Sugiro que dê meia-volta e pegue o dinheiro com Yurr". Se quiser pegar sua arma e prendê-los nas celas, vá para **364**. Se quiser passar por eles e seguir pelo corredor, vá para **120**.

347
A porta dá para um aposento sem janelas que tem uma mesa redonda e seis cadeiras no centro. As paredes estão cobertas com prateleiras repletas de jogos, *games*, livros e até mesmo vinte e cinco edições de uma antiga revista de jogos com o estranho nome de *Coruja & fuinha*. Uma das prateleiras tem uma coleção de livros com chamativas lombadas verdes e títulos de fantasia como *O feiticeiro da montanha de fogo*. Em uma prateleira mais alta, aninhada entre uma pilha de jogos de tabuleiro e uma caixa

de arquivo com o nome *Informativo das noites de jogos*, você vê uma taça prateada com duas asas. Você ergue o troféu e vê que o nome "Copa Pagoda" está inscrito nele. Há seis nomes gravados na parte de trás do troféu ao longo de vinte e sete anos. Se quiser abrir as caixas de alguns jogos, vá para **297**. Se preferir sair do aposento e continuar pelo corredor, vá para **129**.

348

As portas duplas com painéis de vidro que dão para o pátio não estão trancadas. Há vários zumbis vagando pelo pátio. Você vê uma sacada no primeiro andar da ala leste com uma metralhadora. Há uma escada de metal presa na parede ao lado da sacada, que corre do telhado para o pátio. Se quiser atravessar o pátio correndo até a escada, vá para **88**. Se preferir começar a atirar nos zumbis, vá para **392**.

349

Uma revista rápida nos zumbis revela uma chave de bronze e uma carteira. A chave tem o número 111 gravado. A carteira está vazia a não ser por um documento amassado com o nome Tom Watson. A foto é de um homem de óculos, com rosto redondo e sorridente. Você olha para a foto, perguntando-se o que o trouxe aqui, para ser transformado em zumbi. Você joga a carteira longe e dá uma olhada no armário. As caixas estão repletas de tralhas domésticas, inúteis para você. Você guarda a chave no bolso e continua pelo corredor. Vá para **311**.

350

Com os zumbis aproximando-se, Amy grita para você abrir o cadeado. Se tiver uma chave grande de bronze, vá para **35**. Caso contrário, vá para **243**.

351

Você fica aliviado por ter sobrevivido aos cães. Você volta para o aposento e pega o molho de chaves do gancho. Há oito no total, cada uma com um tamanho diferente e com um número de 1 a 8 estampado. A menor é o número 1 e a maior é a número 8. Você as pendura no cinto. Na saída, você nota um armário pequeno na parede da esquerda. Você o abre e encontra dois kits médicos. Vá para **276**.

352

Segundos depois há uma explosão. Para sua sorte, você é atingido apenas por um estilhaço na perna, diminuindo sua ENERGIA em 2 pontos. O zumbi que estava segurando a granada e seus companheiros não tiveram tanta sorte, e muitos deles foram despedaçados. Diminua seu número em 2d6+1. Você salta para enfrentar os zumbis restantes. Vá para **17**.

353

O cientista consegue fincar a seringa na sua coxa. Você grita aterrorizado, percebendo que logo se tornará mais um membro do exército zumbi de Gingrich Yurr. A transformação começa quase de imediato. Você dispara sua arma de forma aleatória antes de desabar no chão, incapaz de pensar por si mesmo. Sua aventura acaba aqui.

GINGRICH YURR

354

As pinturas são retratos de cavalheiros que viveram no castelo ao longo das eras. Todos têm o sobrenome Yurr e semblantes sérios, com exceção de um — um homem de traços bem definidos e cabelo comprido, olhar penetrante e sorriso vil. Seu nome é Gingrich Yurr. Ele é o proprietário atual do castelo e o homem que Otto disse que queria matar você. Apesar de segurar um pequeno coelho nos braços, ele exala confiança e parece um homem a ser temido. Se quiser inspecionar o retrato mais de perto, vá para 126. Se quiser virar à esquerda no corredor, vá para 223. Se quiser virar à direita no corredor, vá para 113.

355

Não leva muito tempo para cortar a trava de metal que mantém as portas fechadas. Você desliza as portas e se vê em um corredor frio, iluminado por luzes de vidro fosco no teto. O teto foi pintado com uma cor mostarda sem graça. As paredes são da mesma cor acima de uma listra da altura da cintura de azulejos verde-escuros, muitos dos quais estão faltando. A tinta nas paredes está rachada e manchada de sangue. Você sente um cheiro químico e desagradável no ar. De repente, ouve o som de passos no corredor à sua esquerda. À sua direita, uns vinte metros adiante, há portas vai e vem feitas de borracha vulcanizada. Se quiser descobrir quem está vindo pelo corredor, vá para 45. Se quiser atravessar as portas vai e vem, vá para 31.

356

Você vê que ainda há muitos zumbis no pátio e sussurra para Amy que você lidará com eles depois de ajudá-la a fugir. Vocês atravessam o corredor furtivamente, abaixando-se para que nenhum deles possa vê-los pelas janelas. Vocês alcançam o fim do corredor e dão uma olhada na esquina para checar o corredor da ala leste. Vocês caminham uns cinco metros pelo corredor quando um alarme dispara, emitindo um barulho ensurdecedor, o qual é rapidamente seguido pelo som de uma rajada de metralhadora vindo de trás. Role um dado. Se o resultado for de 1 a 3, vá para **140**. Se for de 4 a 6, vá para **219**.

357

Você não perde tempo e puxa o pino da granada, arremessando-a no dormitório antes de bater a porta. Você se joga no chão para evitar o impacto da explosão. Segundos depois há um barulho alto quando a granada explode, causando 2d6+1 de dano. Você abre o que resta da porta e dá uma olhada no aposento repleto de fumaça para verificar a carnificina. Os zumbis restantes cambaleiam para a frente para atacá-lo e você precisa escolher outra arma para acabar com eles. Se vencer, vá para **145**.

358

Qual nome de usuário você vai digitar? Se quiser digitar as palavras "Cisne Branco", vá para **60**. Se quiser digitar "Coelho Branco", vá para **328**.

359

Você está dolorido, mas se recompõe e dá uma olhada nos arredores. Você está de pé no teto da ala oeste, bem alto acima do pátio de chão de cascalho lá embaixo. O quadrângulo é formado pelas paredes internas dos prédios de arenito que formam o castelo. De repente, um carro esportivo ruge pelos portões principais na ala sul para dentro do pátio, com os pneus gritando no cascalho. Em uma curva com o freio de mão, o carro para em meio a uma nuvem de poeira em frente a uma porta de garagem na ala leste. O motorista, um homem de cabelos compridos e cabeça grande, salta do carro e destranca a porta da garagem. Ele salta de novo para o assento do motorista, fecha a porta e dá ré para dentro da garagem. Deve ser o próprio Gingrich Yurr! Zumbis tomam o pátio, mas o homem não reaparece. Dois dos zumbis abaixo olham para cima. Eles apontam para você e começam a gritar, atraindo a atenção dos outros. Você precisa agir rápido. Há uma claraboia aberta no teto uns vinte metros à sua frente. Há um cano condutor que corre pela lateral da ala oeste, da base da torre do relógio até o pátio lá embaixo. Se quiser correr para a claraboia, vá para **393**. Se quiser descer pelo cano, vá para **4**.

360

Você olha pela borda da varanda e vê que a escada está tomada de zumbis subindo. Alguns caem e outros escorregam, ficando pendurados por uma só mão na escada. Puxando e empurrando uns aos outros, eles demoram a subir. Você volta para trás da metralhadora e respira fundo. Você conta um total de vinte e sete zumbis tentando subir a escada. Você rilha os dentes, solta a trava de segurança e dispara continuamente nos zumbis, até que a munição acabe, causando 2d6+15 pontos de dano. Se tiver matado todos os zumbis na primeira rodada de combate, vá para **110**. Se não tiver conseguido matar todos, vá para **325**.

361

Quem quer que esteja no teto é muito forte e não tem dificuldades para erguê-lo pelo pescoço. Você arfa, suas pernas balançam e você luta para apontar sua arma para o teto. Você dispara, e o aperto em sua garganta se vai de imediato. Você cai sobre as costas. Ao mesmo tempo, um zumbi enorme cai pelo teto e continua reto pelas tábuas podres no chão do corredor abaixo, levando você com ele. Role um dado. Se o resultado for de 1 a 3, vá para **231**. Se for de 4 a 6, vá para **2**.

362

A porta do cofre fica rente à parede e você não tem espaço suficiente onde usar o pé de cabra. Você tenta raspar a parede com o pé de cabra, mas não consegue arrancar o cofre dessa maneira. O barulho que você está fazendo vai atrair algo ou alguém a qualquer momento e você se dá conta de que é inútil continuar tentando quebrar o cofre. Sem encontrar nada mais de interessante, você deixa o salão de jogos e sobe um pouco mais o corredor. Vá para **129**.

363
Você sente uma boca babando no seu pescoço, mas, antes que o zumbi tenha tempo de fechar a mandíbula, você agarra seu braço, curva-se para a frente e o joga por cima do ombro. Ele cai pesado de costas na mesinha de centro quebrada e ruge de dor. Ele se põe de pé lentamente e ambos os zumbis se aproximam para atacar. Se vencer a luta, vá para **83**.

364
Os cientistas erguem os braços, rendendo-se. Você ordena que eles atravessem as portas vai e vem e entrem na primeira cela depois do elevador. Enquanto vocês passam o elevador, Roznik solta sua prancheta, fingindo tratar-se de um acidente. Quando se abaixa para pegá-la, ele de repente salta contra você, tentando injetá-lo com a seringa com sangue contaminado. Role um dado. Se o resultado for de 1 a 3, vá para **353**. Se for de 4 a 6, vá para **27**.

365
Uma revista nos zumbis não revela nada além de uma nota no bolso do peito do homem. Ela diz apenas "Diga a Lara que eu a amo". Se quiser ficar na biblioteca e dar uma olhada nos livros, vá para **139**. Se preferir continuar pelo corredor, vá para **160**.

366
Seis balas atravessam a porta em sucessão rápida e uma delas o atinge na perna. Perca 3 pontos de Energia. Se ainda estiver vivo, vá para **254**.

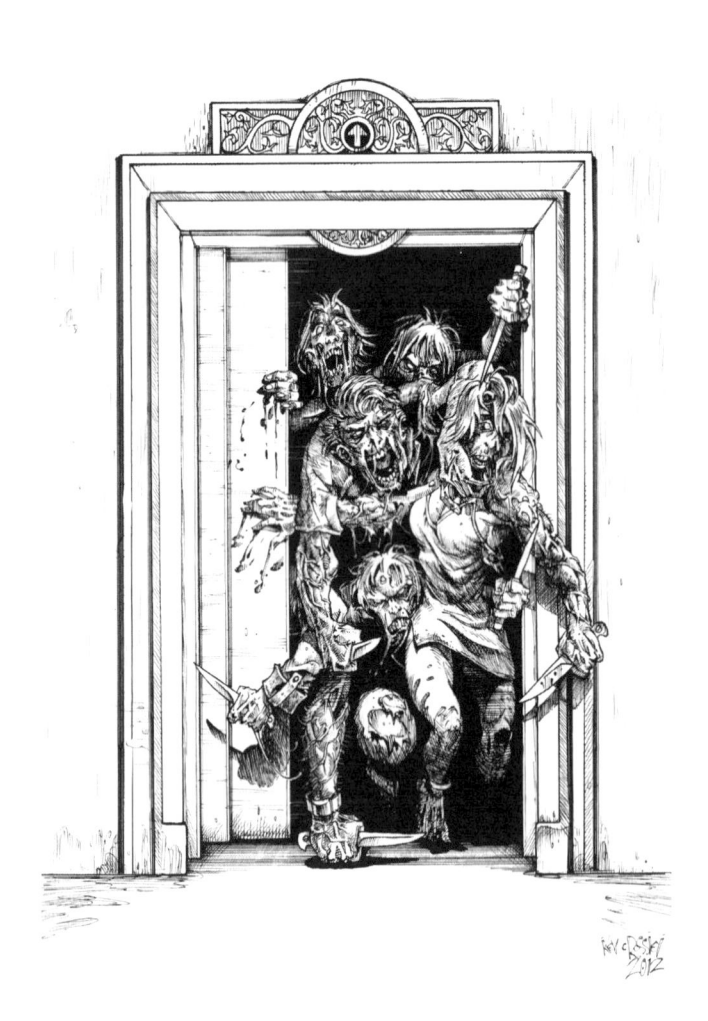

367

Você aperta o botão para chamar o elevador no painel de aço ao lado da porta do elevador. O elevador começa a zunir enquanto sobe pelos andares abaixo. Ele para com uma batida e as portas se abrem deslizando. Sete zumbis enlouquecidos portando facas de cozinha disparam do elevador para atacá-lo. Você é atingido no braço pelo primeiro zumbi antes de ter tempo de reagir. Perca 2 pontos de Energia. A batalha então continua. Se vencer, vá para **316**.

368

Mantendo o braço sobre os olhos, você atravessa o buraco na frente do relógio, fazendo voar ainda mais vidro. Você se joga pelo ar, batendo os braços e pernas, tentando se manter com a cabeça para cima. Você cai pesado e dolorido no telhado, rolando para tentar amortecer o impacto. Acima de você há uma explosão enorme quando o topo da torre do relógio é feito em pedaços pela dinamite. Detritos caem sobre você — fragmentos de pedra, madeira, partes de relógio e até mesmo o pé de um zumbi que não existe mais. Você também não está muito bem depois da longa queda para o telhado. Role dois dados e diminua o resultado de sua Energia. Se ainda estiver vivo, vá para **359**.

369

Enquanto atravessa o pátio em direção à garagem, treze zumbis investem contra você. Eles portam chaves de fenda e martelos grandes, o que os torna mais poderosos. Você deve enfrentá-los. Cada zumbi que sobreviver ao seu primeiro ataque causará 2 pontos de dano. Se vencer, vá para **247**.

370

Enquanto você avança a passos largos para atacá-lo com os punhos cerrados, Boris simplesmente dá de ombros de novo, parecendo quase entediado, e diz: "Adeus!". Ele puxa uma alavanca e uma seção do chão de pedra cai sob seus pés. Vá para **216**.

371

A mordida do zumbi é dolorida (perca 1 ponto de Energia), mas seus dentes não penetram sua pele. Antes que ele possa infectá-lo mordendo mais fundo, você agarra seu braço, dobra-se para a frente e arremessa o zumbi por cima do ombro. Ele cai com uma batida pesada em cima da mesinha de centro quebrada e uiva de dor. Ele se põe de pé lentamente, juntando-se ao outro zumbi para atacá-lo. Se derrotar os zumbis, vá para **83**.

372

Você enfia a mão no bolso e entrega a Amy o medalhão de ouro e a corrente de ouro. "Meu medalhão! Onde você o encontrou?", ela pergunta, animada. "Você não quer saber", você responde. "Obrigada. Obrigada. Obrigada", ela repete, feliz, um sorriso iluminando seu rosto pela primeira vez desde que você a encontrou. Você diz a Amy que é hora de partir, aconselha-a a seguir pela estrada para que não se perca na floresta, e também diz para ela se esconder de qualquer um dirigindo. Você abana em despedida, dizendo que logo vai reencontrá-la. Não demora para você estar de volta ao castelo onde, para sua surpresa, você descobre que o portão principal continua destrancado. Você abre uma das portas duplas e a atravessa sem chamar a atenção, fechando-a quando passa. Você vira à esquerda pela ala sul, e então ruma para o norte pela ala oeste antes de alcançar a escada na bifurcação com a ala norte. Você está para descer a escada para o subsolo quando vê um telescópio montado na mesa em frente. Vá para **230**.

373

Você abre caminho entre os corpos dos zumbis debatendo-se empilhados na escadaria. Você puxa o machado (1d6) das mãos de um deles antes de subir a escadaria. Você entra em um corredor onde pode ir para a esquerda (vá para **47**), para a direita (vá para **240**) ou seguir em frente (vá para **332**).

374

Você ouve um barulho vindo de cima e, quando olha, vê o rosto maligno de Gingrich Yurr encarando-o por um buraco no piso do elevador explodido. Ele solta uma garrafinha pelo buraco a qual se estilhaça quando atinge o chão do poço do elevador. Ela continha gás do sono e você logo cai inconsciente.

Quando acorda, você se vê em um aposento grande com teto alto, acorrentado a um pedaço de pedra polida. Você está cercado por zumbis berrando que ficam muito animados quando você abre os olhos. Eles se aproximam para observar um homem alto e magro, de óculos, vestindo um longo jaleco branco de laboratório e luvas de borracha injetar sangue de zumbi no seu pescoço. O cientista ri e diz que você está destinado a se tornar mais um membro do exército de zumbis de Gingrich Yurr. Sua aventura acaba aqui.

375
Todos os zumbis que estavam no quarto correm para o banheiro, cada um ansioso para fazê-lo em pedaços. Você tenta se pôr de pé para se defender, mas é empurrado por seis deles. Eles têm a iniciativa e você perde 6 pontos de Energia em seu ataque inicial. Se ainda estiver vivo, você consegue rastejar para fora da pilha de zumbis para enfrentá-los normalmente. Se vencer, vá para **20**.

376
Você está com bastante sede e engole o líquido cujo gosto é muito melhor do que o cheiro. Infelizmente, ele esconde um veneno poderoso — cianeto! O veneno tem ação rápida e você cai de joelhos agarrando o estômago. Você cai inconsciente e nunca mais acorda. Sua aventura acaba aqui.

377

Você sobe as escadas o mais rápido que consegue. O alarme para de soar quando você está na metade do caminho, substituído por sons novos, vindo lá de baixo — passos e os já familiares guinchos e rugidos de zumbis. Você continua correndo escada acima, esperando que a saída de incêndio no alto não esteja trancada. Respirando pesado, você alcança a saída de incêndio e empurra a barra de metal. A porta não está trancada e dá para uma parte plana do teto da ala oeste, onde você se vê em meio à luz brilhante do sol. Se quiser bloquear a saída de incêndio para impedir os zumbis que o perseguem de subir para o teto, vá para **125**. Se quiser se preparar para enfrentar os zumbis, vá para **269**.

378

A porta dá para uma pequena lavanderia. Há um armário branco e alto em um canto, na frente do qual jaz um balde caído de lado, um esfregão e duas vassouras. Uma cesta de plástico com uma pilha alta de roupas sujas está em cima de um balcão que corre de um lado da parede do fundo até o armário. Embaixo dele você vê uma máquina de lavar roupa e uma secadora. Há uma velha sacola de lona perto da parede ao lado da porta, perto de alguns calçados. Se quiser abrir a sacola de lona, vá para **291**. Se quiser abrir a porta do armário, vá para **13**.

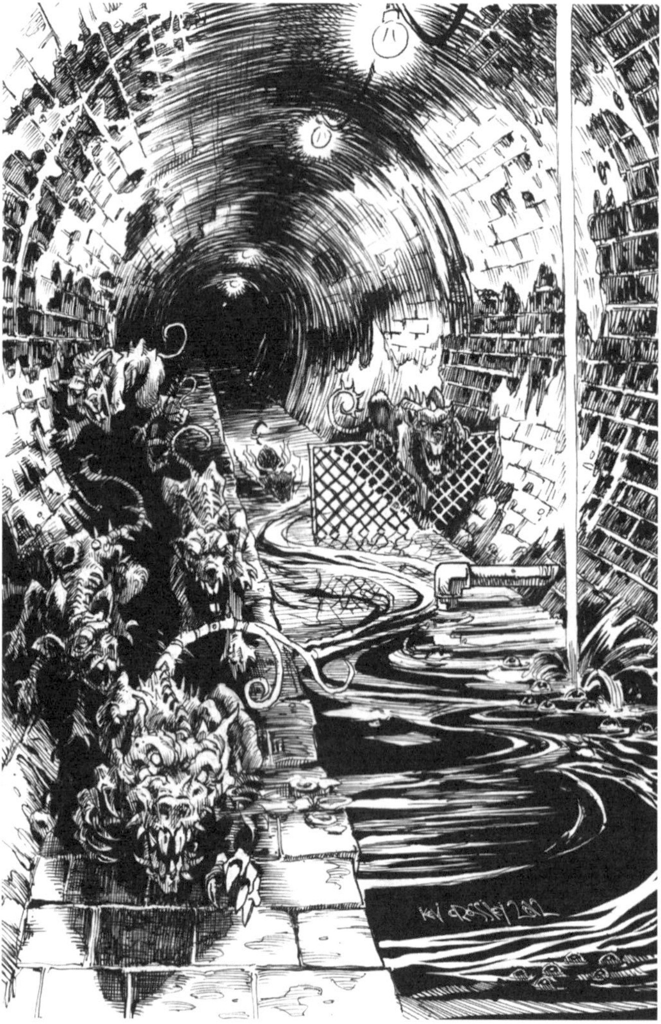

379

Descendo pelos anéis de ferro, você quase engasga com o cheiro ácido vindo lá de baixo. No fundo do fosso você se vê na beira de um esgoto. Um enorme cano aberto atravessa uma parede de tijolos à sua esquerda, cuspindo seu conteúdo desagradável no esgoto, que tem uma trilha de tijolos vermelhos correndo pela lateral onde você está. O esgoto cilíndrico é pouco iluminado por lâmpadas pequenas presas a um cabo que corre por todo o teto. As lâmpadas estão muito distantes umas das outras para que você consiga ver mais longe. Gotas de água pingam do teto, produzindo um som lúgubre quando atingem a água que avança lentamente pelo esgoto. Você de repente ouve guinchos. Você perscruta a escuridão à frente e não vê zumbis, mas um enxame de ratos cinzentos enormes avançando na sua direção. Deformados devido ao esgoto contaminado, os ratos de esgoto mutantes são quatro vezes maiores que ratos normais. Eles têm olhos injetados de sangue, e dentes e presas compridos. Há quinze deles. Cada um tem 1 ponto de Energia e causa 1 ponto de dano. Você precisa escolher uma arma com a qual enfrentá-los. Se vencer, vá para **122**.

380

Depois de colocar o jaleco, você atravessa as portas vai e vem corajosamente e se apresenta aos cientistas, dizendo que Gingrich Yurr o enviou para se juntar a eles. O cientista de aparência maligna e cabeça raspada se apresenta com uma voz fria, dizendo que se chama Professor Roznik. Ele o encara desconfiado e exige saber se você trouxe os US$ 100 que Yurr lhe deve pelo último carregamento de sangue contaminado. Se tiver US$ 100,00 e quiser pagar Roznik, vá para **138**. Se não tiver US$ 100 ou se não quiser pagá-lo, vá para **346**.

381

O dardo atinge seu pescoço, perfurando a carne com facilidade. Perca 5 pontos de ENERGIA. Se ainda estiver vivo, você arranca o dardo do pescoço e aplica um curativo no ferimento. Você examina o interruptor com cuidado e vê que na verdade há três posições. A do meio é a posição "desligado", a para baixo é a posição que dispara a armadilha, e há a posição para cima. Se quiser virar o interruptor para cima, vá para **41**. Se preferir não se arriscar e quiser deixar a biblioteca de imediato, vá para **160**.

382

O alarme parou e você não perde tempo, correndo para a saída de incêndio. Você não para até alcançar o topo das escadas. Respirando pesado, você alcança a saída de incêndio e empurra a barra de metal. A porta não está trancada e dá para o teto da ala oeste, onde você se vê de pé em meio à luz brilhante do sol. Vá para **40**.

383
Você recebe o impacto inteiro da explosão no peito. Não há como sobreviver a esta explosão. Sua aventura acaba aqui.

384
Você os revista rápido, mas não encontra nada além de um abridor de garrafa e uma caneta marcadora para quadro branco que nem mesmo funciona. Sem querer perder mais tempo encontrando lixo inútil, você decide ler o diário de Amy. Vá para **123**.

385
O corredor faz uma curva fechada para a direita, e continua por uns cinquenta metros antes de fazer outra curva para a direita. Você logo chega a uma porta preta de ferro na parede da direita do corredor. Ela está firmemente trancada e você não tem a chave que a abre. Enquanto pensa sobre o que fazer a seguir, a decisão é tomada por você. Vá para **109**.

386

Você move a pintura para um lado e vê que há uma porta estreita na parede, que antes estava escondida. Se quiser abri-la, vá para **304**. Se quiser ir para a esquerda no corredor, vá para **223**. Se quiser ir para a direita no corredor, vá para **113**.

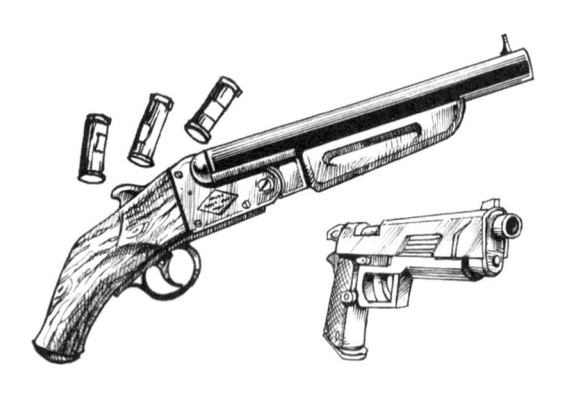

387

Enquanto você desce o cano condutor, os zumbis se reúnem em grande número, esperando por você lá embaixo. Se tiver alguma granada, vá para **315**. Se não tiver granadas, vá para **65**.

388

Uns poucos metros adiante no corredor você vê um enorme baú preto de metal encostado na parede da direita. Há uma mensagem à mão na tampa que diz "Perigo — Não Abra" em letras garrafais vermelhas. Se quiser ignorar o aviso e abrir o baú, vá para **261**. Se preferir continuar caminhando, vá para **25**.

389

Yurr é um atirador excelente. Ele não erra o alvo. Sua cabeça pende para um lado, com um fio de sangue descendo pela lateral do seu rosto de um ferimento pequeno acima da sua têmpora. Sua mão solta o cano condutor e você cai na animada multidão de zumbis lá embaixo. Sua aventura acaba aqui.

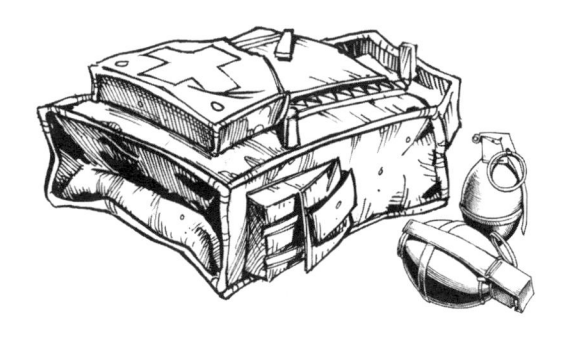

390

Enquanto o carro se aproxima em alta velocidade, você vê Yurr sorrir com a perspectiva de atropelá-lo. Você esvazia sua arma contra o carro, ignorando que o vidro é à prova de balas. O sorriso doentio de Yurr vai ficando maior à medida que se aproxima, enquanto o cientista continua a disparar a metralhadora. Você não tem chance de sobreviver às balas e ao atropelamento. Sua aventura acaba aqui.

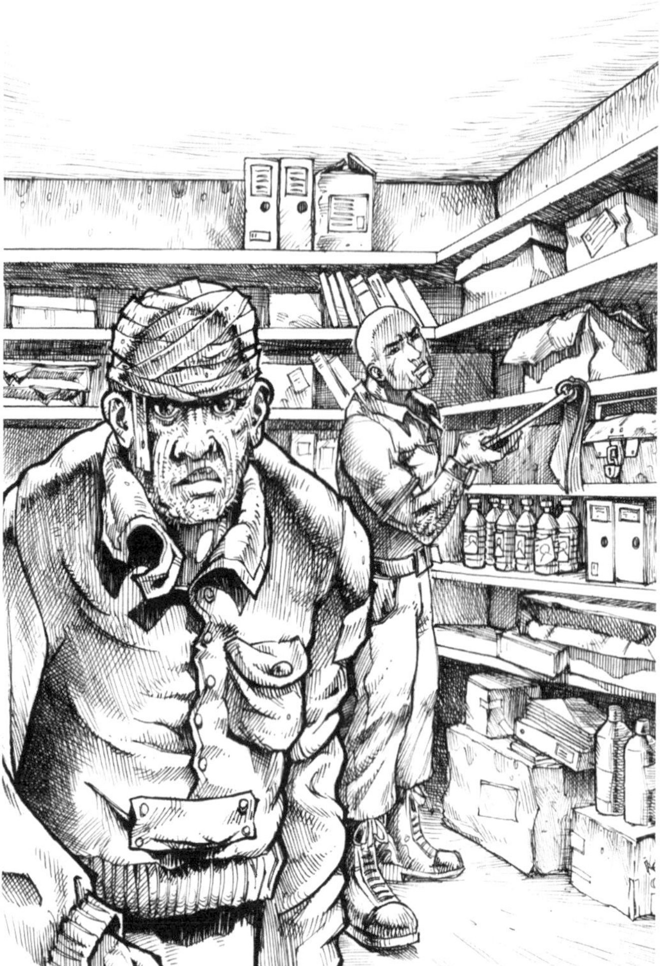

391

O corredor termina em uma porta. Você ouve passos vindo do outro lado. Não há alternativa a não ser abrir a porta e encarar o que quer que seja. Você respira fundo, abre a porta com um chute e entra correndo, vendo-se em um estoque amplo. Há um homem tomando notas em uma prancheta, inspecionando prateleiras que vão do chão até o teto, mas elas estão quase vazias. Ele tem mais ou menos 30 anos, é bastante entroncado, tem cabelos raspados e usa um macacão laranja e coturnos. Ele não parece preocupado pela sua invasão súbita.

"Ah, você deve ser o novo prisioneiro. Não estava esperando vê-lo aqui", ele diz com naturalidade. "Ninguém nunca tinha escapado do calabouço de Otto antes. Você quer me dar alguma razão para não soar o alarme?" Antes que você possa falar, o homem ri e diz: "A resposta, meu amigo, é dinheiro. Mostre-me o dinheiro! Meu nome é Boris".

"E eu sou Gregor", diz uma voz grave à sua direita. Você se vira e vê um homem bem mais velho com um rosto cheio de marcas do tempo. Ele veste uma jaqueta marrom e tênis velhos e sujos. Por alguma razão o topo de sua cabeça está envolto em bandagens sujas. Há uma porta na parede do fundo, de frente para a porta pela qual você acabou de entrar. Se quiser correr para essa outra porta, vá para **157**. Se quiser ficar e conversar com os dois, vá para **51**.

392
Você aponta sua arma para o grupo mais próximo de zumbis e dispara. Todos os zumbis no pátio correm para você. Há tantos deles que você não consegue atirar em todos antes de ficar sem munição. Você é derrubado, e logo está coberto de sangue de zumbi... Enquanto a transformação vai acontecendo, você vira e aponta para as portas duplas e o aposento onde Amy está escondida. Você lidera os zumbis pelo pátio. Não vai demorar para que Amy também seja transformada em zumbi. Sua aventura acaba aqui.

393
Você atravessa o telhado até alcançar a claraboia. Você dá uma olhada lá embaixo e vê o que parece ser um quarto luxuosamente mobiliado. Há uma enorme cama com dossel diretamente sob a claraboia uns cinco metros abaixo. Se quiser saltar na cama, vá para **124**. Se preferir voltar pelo telhado e e descer pelo cano condutor, vá para **4**.

394
Você volta ao portão com Amy gritando para você abrir o cadeado. Se tiver uma chave grande de bronze, vá para **35**. Caso contrário, vá para **243**.

395
Você passa pelos corpos dos zumbis, ainda se contorcendo, e dá uma boa olhada no aposento. A única coisa interessante é um par de pinças de ferreiro, que você guarda na sua mochila. Há uma alcova atrás

da cortina, onde você encontra uma porta negra de ferro que estava escondida. Se quiser abrir a porta, vá para **32**. Se preferir voltar pela passagem estreita e virar à direita no corredor principal, vá para **385**.

396
Você vê que há duas fechaduras na tranca, uma maior que a outra. Há um número 8 marcado acima da fechadura maior e um número 2 marcado em cima da menor. Se quiser tentar abrir o cadeado com as chaves numeradas com 8 e 2, vá para **82**. Se quiser tentar uma combinação diferente, vá para **274**.

397
Você ergue a tampa da lixeira com cuidado e vê que há várias garrafas de plástico abertas no fundo. Há manchas de sangue em todas elas. Uma das garrafas está rachada e vazou seu conteúdo sangrento por todo o fundo da lixeira. Há um caderno preto projetando-se por entre as garrafas, suas páginas ensopadas com sangue. Passa por sua mente que possa ser sangue de zumbi. Se tiver um par de luvas de borracha, vá para **61**. Se não tiver luvas de borracha, mas quiser pegar o caderno assim mesmo, vá para **101**. Se preferir fechar a tampa e seguir caminhando, vá para **155**.

398
A essa distância é difícil que um atirador como Yurr possa errar. Ainda assim, ele de alguma forma erra sua cabeça, que era onde ele estava mirando, e a bala atinge seu braço. Perca 4 pontos de ENERGIA. Se ainda estiver vivo, vá para **277**.

399
O zumbi se põe de pé, chuta a bateria e se joga para agarrá-lo com as mãos cobertas de bolhas e feridas. Mas não deve ser difícil despachar um único zumbi. Se vencer, você pode investigar o aposento (vá para **334**) ou sair, virar à esquerda e depois virar de imediato à direita pelo corredor (vá para **252**).

400
Com o sol descendo no horizonte, vocês chegam a uma pequena aldeia chamada Melis. Vocês vão direto à delegacia e relatam os eventos horríveis que aconteceram no Castelo Goraya. Há apenas dois policiais na aldeia. Ambos os encaram incrédulos quando vocês narram sua história chocante. No início eles ameaçam prendê-los, mas finalmente concordam em ir ao castelo pela manhã para investigar. Eles dizem para vocês irem para a hospedaria local, mas ordenam que não deixem a aldeia, pois precisarão falar com vocês. Vocês encontram quartos em uma pequena pensão e, depois de um mais do que necessário banho, você encontra Amy para jantar. Nenhum de vocês está com muita fome e vocês só falam sem parar sobre Gingrich Yurr. "Então, você acha que matou todos os zumbis?", Amy pergunta ansiosa. Você responde que espera que sim. Você conta suas batalhas, anotando o número de zumbis que matou em cada uma. Quando tiver terminado a conta, vá para o parágrafo de mesmo número. Se o texto não fizer sentido, vá para **165**.